Karl-Heinz Schmidt

Eierquatsch und drackite Supp

Eierquatsch und drackite Supp

Ein heiteres Mundartbuch
aus dem Erzgebirge und dem Vogtland
angerichtet und serviert von

Karl-Heinz Schmidt

Evangelische Verlagsanstalt

Die Deutsche Bibliothek - CIP-Einheitsaufnahme

Schmidt, Karl-Heinz:
Eierquatsch und drackite Supp ; ein heiteres Mundartbuch aus dem Erzgebirge und dem Vogtland / angerichtet und serviert von Karl-Heinz Schmidt. - Leipzig : Evang. Verl.-Anst., 1998
ISBN 3-374-01696-0

ISBN 3-374-01696-0

Printed in Germany · H 6565
Einbandgestaltung und Illustrationen: Fred Westphal
Druck und Binden: Druckerei zu Altenburg

Inhalt

Vorspeise statt Vorwort

Eierquatsch. Was das bedeuten soll? Einfach und schlicht Rührei. Sie werden denken: Was hat er bloß hier wieder fabriziert?! –

Über dem »Pastor, dar eigeschlofen is«, hat sich im Lauf der Jahre bereits Moos angesetzt. Es mag sein, daß es hin und wieder jemand gibt, der dennoch zu schürfen beginnt und unter dem Moos den »müden Pastor« hervorholt. –

»Barett und Baskenmütz« ist weit frischer und noch nicht aus der Mode. Ebenso das »Raachermannel«, das seine Wolken in die Luft pafft und der Umwelt wenig Schaden zufügt. –

Was aber verbirgt sich hinter dem »Eierquatsch«? Lassen Sie sich überraschen. Ein Mädel aus unserer Gemeinde sagte im Kindergottesdienst zu mir: »Bei uns gibts heit mittog Eierquatsch und e Scheib Wurscht drzu.« Leichte Kost. Für den einen mag es eine Vorspeise sein, für den starken Esser also. Für den mit schwachem Magen ist es das Hauptgericht.

Eierquatsch – aus meiner Feder quillend, will Sie ein wenig unterhalten und erfreuen.

Amüsieren Sie sich mit mir über Stilblüten aus Kindermund – über Einkäufe mit und ohne Wagen – lustige Reiseerlebnisse kommen auf Sie zu, und Friedhofsluft weht um Ihre Ohren – das Wirtshaus lädt zum Verweilen ein – zum Nachtisch gibt es ein bißchen Gemischtes. –

Als 1982 mein erstes Büchlein erschien, der »eigeschlofene Pastor«, sagte ein Berufskollege im Konvent:

»Jeden Mist druckt die EVA, aber das, wonach wir fragen, bleibt aus!«
O Gott, Herr Pfarrer! Warum gleich so bissig? Liebe EVA, ich danke Dir, daß Du auch an jene denkst, die nur leichte Kost vertragen; an die Leser, und das sind wahrlich nicht wenige, die nicht in der Lage sind, theologische Höhenflüge zu starten!
Gott sei Dank, dieser »Mist« bekommt Ihnen – er entkrampft, lockert Herzensböden auf und macht Gesichter hell, macht Herzen froh. Übrigens: Wonach dieser Theologe lechzt, das bekommt er zur Genüge – auch von Dir, liebe EVA! Liebe Lesergemeinde, ich lade Dich zu Tisch mit einem Wort von Gorch Fock: »Wieviel Freude schläft in uns – und wir wecken sie nicht!« Mag die Freude in Ihnen aufwachen! Wohl bekomms!

Der Autor

Wos Kinner rausstecken

Klingethol läßt grüßen! Vür dr Wende hot e westdeitscher Journalist unner Stadt als »Stadt uhne Gesicht« bezagnt. Mei lieber Mann, dar is nein Fettnappel getraaten, denn seine Schuh glänzen heit noch dodrvu. –
Im Moment giehts unnern Staadtel net gerode su, doß mer sogn könnt, dr Himmel hängt vuller Geign! De Schanz is wag, im Harmonikawark stackt es Aarbitsamt vorn drinne...
Nu soll mei Büchel aber net aufzehln wos mer net hamm, sondern wos mer aufweisen könne. Bevor de nei dr Stadt kimmst, kasste zwischen Tannebargsthol und Mühlleithen de Vogtlandschanz sah – in dr Mühlleith salberscht is e Sommerrodelbahn, off dare gung und alt es Ding rei ruschelt.
In Sachsenbarg gibts e Radiumquell, dare sugar Heilkräfte zugesaat wardn; när drümrüm siehts aus wie Frost und bieser Wag. Do muß schu noch wos gemacht wardn. Brunndöbra, und do sei mer schu weit am Stadtkern dra, besitzt e Kunsteisbahn, off dare de Gründner, wie mer ze de Brunndöbraer sogn, machtig stolz sei. Aah mit Racht! Braucht dei Auto Sprit, dann is de Aral-Tankstell net weit. Drinne in dr Stadt is e grußer Aaziehungspunkt de Rundkirch »Zum Friedefürsten« – nei is es Giershaus, unner Stadtmuseum mit seine Sonderausstellinge und Musiken. Stück drubn offn Barg liegt dr Tierpark, aaner dr schennsten im Vogtland. Und unten an dr Talstrooß kasste nüber nooch Bähme marschiern oder mit dr Taxi fahrn, nooch Graslitz. Dos is unner Staadtel, moment, bald hätt ich doch unner neie Stadt-

hall vergassen, die se in dr Markneikirchner Strooß gebaut hamm. Dort traaten Leit auf, die vür zah Gahrn net an Klingethol gedacht hamm, überhaupt net an de Provinz. Die sange und spieletn in dr »grußen Walt«, itze aber, wu ihre Stimmbänder ausgeleiert sei, kumme se ze uns und bringes fartig oozesogn, weil ze wänig Karten verkaaft wordn sei. Und dann freeg ich mich noch aans: Jeder klogt, er hätt kaa Gald – do is dr Luh net huch, es Aarbitslusengald is drbarmlich niedrig, aber für vierzig, fuffzig Mark kaafen se sich e Kart in dr Stadthall!
Irgndwos muß hier net stimme! Dos ward aber net bluß in Klingethol su sei, ich könnt mer dos aah vun Schwarzenbarg und Aue denken!

Musikwinkel. Su haaßt unner Tal zwischen Sachsenbarg und dr Zwote. In su enn Winkel ward, wie's dr Name schu sogt, Musik gemacht. Die aber will gelarnt sei.
In dr Geignklasse vun dr Musikschul ward e Aarbit geschriebn. »Instrumente unserer Heimat«, su es Thema. Dann kasste Sätz laasen wie die: »Die Streicher stechen mit dem Bogen in die Luft und wieder zurück.« Oder: »Der Klang der Geige hängt vom Holzfäller ab. Hat er lange gelagert, so kann er sich nicht mehr verziehen.«

Dr Unterdörfer-Franz schrieb in sein Aufsatz übers Klavier: »Der Flügel war schön schwarz; auch sonst zeigten alle Trauer.«

Itze namm ich eich mit vun dr Musikschul raus nooch Sachsenbarg in de August-Bebel-Schul. De Frau Thomä, wos de Schuldirektorin is, hot mit dr arschten Klasse über de Mode geräd't. Se bracht e Modenbuch mit, dos bis ins 18. Gahrhunnert zerückging. Donnerwatter, warn dos Klaader! Die Damen, ja, do muß mer schu Damen sogn, denn dar Ausdruck Weiber passet net ze die aageputzten Figurn, die hatten Raafen unter dan Klaadern, su doß die rund und dick aussogn. Und de Kinner hatten Frogn über Frogn. Vür alln de klenn Maad warn intressiert – wie net gescheit.
»Frau Thomä, wie lang is denn dos har, doß die Frauen su unbequeme Sachen aazieh mußten? Und denn vieln Stoff, denn mer dodrzu braucht!« »Das war etwa vor zweihundert Jahren, Jessica, als man solche Kleider trug«, drkläret de Frau Direktorin. Dr Brigitte schien die lange Zeit e Begriff ze sei. Se nicket und saat: »Galle, Frau Thomä, do warst du aber noch e klaanes Maadel?« –

An enn Mantig in dr Früh ward de Frau Glaß, wos de Turnlehrerin is, vun dr Manuela gefreegt, ob heit turne is. De Frau Glaß saat: »Nein, natürlich nicht. Du weißt doch, Manuela, daß wir immer mittwochs turnen!« Dos Maadel mit seine dunkeln Aagn gucket traurig und entteischt: »Mensch, itze hot mei Mutti die Tog verwechselt und mir gestern schu de Füß gewaschen. Ganz immesist!«

Es gibt Sachen, die kaa mer su drzehln, wie se sich zugetrogn hamm, ich maan, mer kaa de Name nenne. In peinlichen Situatione muß mer de Name ewing verfremden, wie mer su schie sogt. Es gibt allerdings aah Momente, wu mer de Name ganz wagläßt. Schließlich will mer ja net vürs Gericht gezerrt wardn. – Do sogt doch e Lehrer ze enn Gung: »Du mußt diesen Aufsatz noch einmal schreiben, und zwar so, daß ihn auch ein Dummer versteht!« »Gut, Herr Lehrer«, saat dar klaane Steppel ganz treich, »aber sogn se mir mol vürhar, welche Zeiln se net verstanden hamm!« Do biste platt, galle?

Ne Klaus sei Mutter, naja, ich will net allzu frech wardn, aber die hot, wu dr liebe Gott de Gescheitheit ausgetaalt hot, ihre Händ net richtig hiegehalten und aufgemacht. Kimmt dr Klaus vun dr Schul eham und freegt sei Mutter: »Du, Mutti, kasst du mir mol sogn, wos e Neandertaler is?« »Ach du liebe Zeit, Gung, do hob ich wirklich kaa Ahning. E Neandertaler? Ach, wesste wos? Freeg mol ne Onkel Manfred, dar aarbet bei dr Deitschen Bank, dar waß dos ganz bestimmt!« –

Für manche Kinner gibts vürn Zebettgieh e Problem! Se wolln sich net waschen. Es Maxel aus dr Wiesenstrooß is su aaner. Do gieht mit emol sei Kinnerzimmertür ganz sachte auf, und war stecktn Kopp rei? De Oma! Ja, de Oma! War kunnts denn annersch sei? Eibracher könne net besser schleichn! De Omas hamm do was drauf, wenns üms Neipfuschen in de Drziehing gieht. Und –

se hamm immer racht! Wehe wenn de arme Mutter neiräd't! – Itze freeg ich eich geleich mol, ihr guten Großeltern: »Worüm seid ihr denn ze eire Enkele su annersch als ze eire Kinner domols? Wollt ihr wos gutmachen? Oder wollt ihr dr Tochter oder Schwiegertochter aans auswischen?« – Also, de Oma hot nooch ihrn Kopp aah dos annere, wos ze ihr gehärt, ins Kinnerzimmer geschubn und saat ze ihrn Maxel: »Mäxchen, wenn du dich schön wäschst, bekommst du zwei Stückchen Schokolade von mir!« Verschmitzt guckts Maxel de Oma aa und kontert: »Und wenn ich mich itze booden tu?« –

Dr Toni arscht, dar kimmt noch vürn Maxel. Kimmt'r dr Auerbacher Strooß mit'n Fahrrod reigeprasselt, rammelt bei dr Sparkasse üm de Eck nüm, wu de Meinel-Ella stieht und ihr Gald zehlt, wos se oogehubn hot, und hätt die doch bald übern Haufen gefahrn. Es ging aber noch mol gut aus. Se freegt ne Toni: »Sog mol, Klaaner, kasst du net klingeln?« »Freilich kaa ich dos, Tante, aber ich wullt dich net drschracken!« –

Familiendrama. Heitzetog fadelt sich aans ans annere aa. Ich waß net, aber früher schiens sette Dramen net gabn ze hobn. Entweder warn de Leit annersch oder es log an de Medien. Medien, dos war de Zeiting. Radios warn rar, und an de Fernseher war aah noch net ze denken.
De Mutter war verraast. Als se nooch drei Wochen wieder hamkam, freegt se ne Dieter, ihrn klenn Gung: »Nu mei Dieterle, war dr Papa sehr traurig, als ich net drham

war?« »Naja«, maanets Gungel, »am Aafang gings schu, do war dr Papa noch net su traurig, aber in de letzten Tog is'r immer trauriger wordn!« –

Ferienzeit. Dr Thomas verbringt seine Sommerferien bei dr Tante in Rochlitz. Nooch ner Woch kriegn de Eltern in Klingethol vun dr Tante en Brief. Unter annern Zeig stand do aah: »Thomas o. k. – ich k.o.!«

Als ich vür fünf Gahrn in Brunndöbra Religionsunterricht ze halten hatt, kam ich aus dr Schul, und wos soog ich? Drei klaane Gunge stinne unten off dr Schulstrooß, ewing versteckt hinter enn Holunderstrauch, und qualme wie dr Fümfezug. Zweete Klasse! »Menschenskind, seid ihr denn net gescheit? Ihr macht doch nei dr Hus, ihr Lausgunge!« »Mach dir när kaane Sorgn, Opa, mir hamm Pampers dra!« Do hattste ne Drack! –
Schlimmer dos annere. Mach ich ne Zollwag nimm, kauert dr Schneider-Enrico am Rand und raacht. »Nu sog mol, Gung, du raachst? Wenn dos nu deine Eltern drfahrn? Und dei Lehrer? Aß lieber ewing Schoklade!« Maant dar Boss ganz treich: »Ach wesste, do brauchst du dir kaane Gedanken ze machen, ich gieh doch noch gar net in de Schul!« –

Doß de Heilign Drei König, aah Eisheilige genannt, die Name Schöller, Mövenpick und Langnese vun dr Gerda in Tannebargsthol kriegt hamm, dos is eich bestimmt bekannt.

In Markneikirchn aber freeget dr Lehrer, war de arschten Politiker gewaasen sei. Sogt dr Friedrich-Peter: »De arschten Politiker warn de Heilign Drei König. Die legetn ihr Aarbit nieder, zugn schiene Klaader aa und sei verraast!« –

Dr Meyer-Bernd stieht vürn Spiegel und machet Kafaten, also Faxen nei. Dodrbei verdrehet er ne Kopp. Mol rachts, mol links nimm. Mol tat'r nicken, mol schütteln. Und immer zeiget'r seine Zäh. Seine Zäh is gut. Als sei Mutter drzukimmt, krieget die bald en Herzaafall, als se soog, doß ihr Herzblattel e Gebiß im Maul hatt.
»Sog mol, Bernd, wos machst du denn do?« »Ach, dos is ne Opa sei Gebiß!« »Ich hob schu allerhand mit dir drlabt, aber su wos noch net!« »Na und?« Ja, dos is ne Kinnern ihr Antwort, wenn se über wos Dumms drwischt wardn. »Wos saat denn dr Opa ze dan Theater?« Arscht lachet dr Boss, dann saat'r gelassen, gelassener giehts gar nimmer: »Wenn dus genau wissen willst, dr Opa saat: Baff mir sofof mei Bebiff bieber!« –

Wißt ihr, wos mir an de Kinner besondersch gefällt? Die sei ehrlich. De meesten jedenfalls. Im Kinnergottesdienst stand ich vür dr arschten Bankreih und hob de Geschicht vun dr Speisung dr 5000 drzehlt. Mitten nei mein Drzehln freeget mich de Gündel-Mira, dare ihr Waasen e Zwischending vun ner Patentante und ner Märchendrzehlern is: »Isst du auch in dem Mantel?« Mit'n Mantel maanet se ne Talar. Off wos de Kinner bluß su kumme!

Wer waß, wu die mit ihre Gedanken war. Die warn bestimmt spaziern gange, weil se off ne Frog kam, die wirklich ausgefalln war. –
An enn Sunntig war de Schöpfung dra. »Am Anfang schuf Gott Himmel und Erde!« Und als mer su schie mitten in dare Schöpfung rümgestiefelt sei, vun enn Paradiesgarten nein annern, do saat ich ze de Kinner, doß dr liebe Gott net bloß saat, mer solln uns dos Geschaffene untertänig machen, mer solln aah Verantworting für alle Kreatur trogn. Do platzet de Röhlig-Marie raus: »Mir drham trogn aah Verantworting mit. Mei Mutter rettet nämlich de Natur!« Und wos de Gruße is, de Karin, saat: »Mei Mutter hot in ihrn Hausgarten ganz wänig Blume, die pflanzt meestens Kreiter aa. Ihr habt ja aah schu welche vun uns kriegt.« Wie racht! Und in dan Moment hob ich mir de Birgit wie e Kreiterfee vürgestellt, wie e Weise Fraa, die net durch ne Wald und über de Wiesen läft, sondern schreitet oder gar schwebt. Retterin dr Natur! Itze könnt ich über die Familie ze philosophiern aafange, aber dos tät ze weit führn! Jedenfalls hatten dr Birgit ihre Kinner racht, denn de Röhlig-Familie is aane vun denne, die Sinn und Gespür für de Drhalting dr Natur besitzen! Und wenns aah bluß Zaagn sei, die se aufrichten könne. Aber se machens! –

Schöpfung. Dodrzu gehärt aah ne Beithner-Max sei Garten mit Blume, Streicher und Baam. Die zwee Gunge, die gerode off'n Max sein Äppelbaam sossen und die grünn Schnorpser keieten, hamm sich kaane Gedanken dodrüber gemacht, doß viele Gahr vür ihne e Fraa aah

Äppeln gemaust hot und ihrn Maa drvu ze assen gob. Und weil se dos gemacht hatt, knabbern mer heit noch an dare ihrer Sünd. Dr Mensch hot sich allerdings bis heit net geännert. Dar kaa alles hob'n , aber immer mehr will'r nei sein Rachen stoppen. Und es Verbutene is wahrscheinlich doch es Schennste!
Zerück ze die Gunge. Dan Mausobjekt gegnüber stieht's Doktorhaus. Es Sprachzimmer gieht raus zum Garten. Mit emol schreit de Schwaster Maria: »Herr Doktor, der Achim und der Gerd essen die unreifen Früchte von Beuthners Baum! Jagen wir sie weg!« Dr Doktor, dar vür zwee Wochen sei Praxis aufgemacht hatt und sei Kundschaft noch net gerode Schlang stand, maanet ganz aufgeregt: »Schwester Maria, unsere Chance! Unsere Chance! Lassen Sie die Buben sitzen und essen! Das ist gut für unser Geschäft! An ihrer Krankheit machen wir uns gesund!« –

Lossen mer de grünn Äppeln sei und wenden uns dr Schokolade zu. Sauer mog lustig machen oder krank, aber süß schmeckt besser. Dos is jedenfalls ne Schubert-Lothar sei Devise. Und weil dos dan Gung sei Oma waß, hot se e klaanes Schokoladenauto gekaaft und hot's ne geschenkt. Dos war e Autotyp, dar, gelab ich, su lang im Gespräch bleibn ward, sulang de Ard stieht: e Trabbi! De Geschäftsleit wissen schu wu se bleibn, wu se ne Hebel aazesetzen hamm. Mogs sei wie's will, de Oma saat, und dodrbei kam dar übliche Zeigefinger, dar mannichmol mehr rädt als dr Mund: »Lothar, taal dir dos Auto schie ei! Aß net alles off amol!« »Ja, Oma!« De Oma hatt ihr

Racht, und dr Gung sei Ruh! In aller Ruh wicklet dr Lothar sei Trabbile aus'n Papier und beißt nei dr Motorhaub. Naja, de Reeder und es Dach kasste aah noch vertrogn. Wag warn se. Arms Auto, denkt dr Lothar, wos sei denn Türn uhne Dach und Reeder! Kummt, wandert aah dorthie, wu dos annere Zeig stackt. Gesaat getaa! Und dr Kofferraum braucht aah net su allaa rümzeliegn! Ordning muß sei! Es war emol e klaaner Trabant...! Noochmittig freeget de Isolde, wos de Oma is: »Sog mol, Lothar, hast du dos ganze Auto gassen?« »Jaaa«, kams klaalaut aus ne Kinnerzimmer. »Dr Trabbi is off'n Schrottplatz!« »Off'n Schrottplatz! Na dann gieh hie und hul dos Auto wieder. Du setzt dich itze offs Toppel und blebbst sitzen, bis dos Auto wiederkimmt!« Dr Lothar wußt Bescheid, zug sei blaues Nachttippel mit ne Bär drauf untern Bett vür und setzt sich drauf. Nooch ner halbn Stund freeget de Oma: »Is dei Auto noch net do?« »Naa, Oma«, saat'r Gung, dar vür lauter Knärn und Drukken en ganz ruten Kopp drasitzen hatt. Su verging de Zeit. Aus dr halbn Stund wurd e ganze, und de Isolde freeget: »Nu sog mer när mol, is dei Auto noch net do?« »Naa«, saat dr Gung und lachet drbei, »aber es ward gleich kumme, es hot schu zweemol gehupt!« –

Mit de Kinner kasste fei wos drlabn! Ich namm eich mit in de Vergangeheit. Vür etwa achtzig Gahrn wuhnet drubn in dr Gloshütt, dos sei de arschten Haiser, wenn de vun dr Mühlleith draussen reikimmst, dr Ebert-Frieder mit seiner Mutter. Se wuhnet'n allaa in en klenn Haisel. Dr Vater war gestorb'n. An enn schinn Frühlingstog sogt

Petroleum

de Margot, wos ne Frieder sei Mutter is: »Gung, gieh mol zum Hart-Paul und hul e Flasch Petroleum. Hier sei drei Neigrosch, fürn Rast kaafste dir zwee Zuckerstaanle.« Es Friederle nahm e leere Weinflasch und trallert ne Mühlbach nunter. Dar Frühlingstog hatt sei schennstes Gesicht aufgesteckt. De Sonn lachet, de Vugeln zwitscherten üm de Wett, und mei Friederle blieb ab und zu stieh, nahm die leere Weinflasch quer und gucket durch dos grüne Glos nei dr Sonn. Wahrscheinlich hot ne dos Spaß gemacht, denn seine Pausen wurd'n immer länger und öfter. – Unten rauf kam e Maa, dar gewiß net aus Klingethol stammet. Gruß war dar, naja, gruße Leit gibts in Klingethol aah. Vun dohar hätt's gut und gern e Klingetholer sei könne. Sei Art war aber annersch. Und sei Klaading. E Knickebockerhus, braune Lackschuh, rute karierte Socken, e Baskenmütz und en Gutentag-Stacken. Feine Leit. Wie dar an ne Frieder naa war, und dar gerode wieder durch sei außergewähnliche Sonnebrill gucket, freeget dar Fremde: »Na, junger Mann, du scheust wohl das Licht?« Dr Frieder gucket dan Maa gruß aa und saat kaa Wort. E Fremmer. Wuhar dar war, dos kunnt's Friederle net ausmachen. Arschtens war dar Gung noch net in Berlin, do hatten se bei dr Margot gar kaane Pfeng drzu – und zweetens hot dr Frieder zum arschten Mol en Berliner gesah und gehärt. Dar ewing huchnasige Urlauber freeget noch emol: »Junger Mann, ick hab dir wat jefragt! Ob du das Licht scheust?!« Dr Margot ihr Gung sooch dan Karl vun ubn bis unten aa. Alles hot'r gemustert bei dan – vür alln die Husen, die bluß bis ze de Woden ginge. Dann saat'r »Du Maulaff, du grußer, wenn ich Licht sch... könnt, brauchet ich kaa Petroleum ze kaafen!« –

Ehrlich gesaat: innewänig hot mir's gut getaa, weil dr Frieder dan Karl gezeigt hot, doß mir do hub'n im Gebirg aah Menschen sei – und net de dümmsten! –

Markttog

Manniche sogn ze mir: »Wasste, deine Büchle sei schie und gut ze laasen, aber se hamm insufern e schlachte Seit, doß se ze kurz sei!«
Die Kritik tut mir gut, aber ich waß aah, doß de Leit heitzetog nimmer in dr Lage sei dicke Bücher ze schwarten. Do sei se viel ze sehr verbraucht. E klaane Geschicht und Schnork vürn Schlofengieh, dos reicht.
Nu waß ich net, wu und wie ihr die Geschichten um ne Eierquatsch zu eich nammt. Vielleicht sitzt ihr in ner Kanapeeck oder habt vun Aafang aa mei Büchel im Klo deponiert, denn dos gibts ja aah, doß bestimmte Literatur off'n stilln Örtchen genossen ward. Mir is dos egal. Jedenfalls drzehl ich eich itze vun en Familienvater e Ding, dar durch und durch geizig gewaasen is. Sparsamkeit is nischt drgegn. Kaaft dar in Klingethol off'n Markt e Tütel Erdbeer, gieht hamm ze seine Kinner, gibt jeden e Erdbeer und sogt: »Hier habt ihr jeds e Erdbeer, die annern schmecken genausu wie de arschte« und macht mit seiner Tüt wieder zer Tür naus.
Wenn dar dos Tütel draußen salber ausgeleert hot, dann gehärt ne aber e richtige Faunz! Eltern gibts – ei, ei! –

Markttog. In unnern Staadtel gibts zwee dr Woch. Mittwochs und freitigs. Vun Obst und Gemüse über Pfaarflaasch und Socken bis hie ze Klimperzeig und Backwarn kasste alles kaafen. Do is aah e Stand mit Wild und Geflügel. De Oelsnitzer Winterlich-Pauline, e Flaaschern, die eher wie e ausgerissene Farschterstochter aussieht, weil alles, wos se aahot, in Grü gehalten is. Grüne Husen, grüne Schuh, dr Pullover is grü und ihr Strickmütz. Fingernaaln und Aagnlider – alles grü! Und de Gusch sitzt aah off'n rachten Flack bei dare. –
Zer Pauline kimmt jede Woch e Fraa aus Klingethol eikaafen, die e besondersch feine Tour drauf hot. Bei dare kaa mer sogn: de Fassade stimmt – de Rückwand stinkt! »Frau Winterlich, ich hätte gern zwei Fasanen. Aber bitte nicht wieder so zerschossen wie vorige Woche! Die waren ja gräßlich, kaum anzurichten!« Dr Pauline ihr rachts Aag fing aa ze wassern und vermischet sich mit ihrer grün'n Farb, su doß se aussoog, als hätt se paar draufkriegt. Dann kam ihr Antwort, die war net von Pappe. Se beiget sich ewing über dr Lodentafel und fauchet ihr eigebild'te Kundin aa: »Also meine liebe Frau Merkur, wenn ihne unnere Fasane net passen, dann müssen se's sei lossen. Bis itze hamm mir noch kaane gehatt, die sich salber ümgebracht hamm!« –

Kunden gibts mögliche und unmögliche. Die meckern am laufenden Band. Se finden aber aah immer wos. Oft muß es Verkaufspersonal dra gelabn, doß se aber salber aah en Tappen hamm, dos scheine die net ze marken. Kimmt zer Wendig-Flaaschern aane, ihrn Name will ich mol net sogn, und verlangt 50 Gramm Laaberwurscht. De Wendig-Marianne schnäd't e Scheib Kalbslaaberwurscht wag, schmiert se regelracht ins Papier und hot am Masser aah noch was draklabn – ja, wos sei denn 50 Gramm Wurscht!? Do sogt doch die Kundin: »Frau Wendig, ich hätte meine Wurst gern heimfahren lassen!« De Marianne mußt arscht mol schlucken und tief Luft huln, dann hatt se sich wieder gefange und saat: »Aber selbstverständlich! Das dauert aber zwei, drei Stunden, mein Mann ist mit dem Lastauto unterwegs und fährt einen Maggiwürfel aus!« –

Deletzt zeigets Fernsehn en Film über Billigwarn und teire Sachen. Mer sullts net gelabn, aber mannichs Billige is net schlachter als es teire Zeig. Dar Fachmaa, dar verschiedene Sorten vun Kaas und Flaasch und Wurscht testen sullt, hot sich sechsmol vertaa drbei.
Gieht in Auerbach e Fraa ins Delikatessgeschäft und will 600 Gramm Lamm kaafen. Wie dr Chef ihr ne Preis sogt, verdrehet die ihre Aagn, als hätt se dr Schlog getroffen und fauchet: »Das kann doch nicht sein, das ist viel zu teuer! Nein, dann laß ichs sein!« Dr Delikatessenchef wullt aber sei Geschäft mit dar Fraa machen und drkläret: »Aber meine Dame, das ist englisches Lamm, ganz zart!« »Verehrter Herr, ich möchte Lamm zum Essen haben und nicht zum Englisch lernen!« Dos gesaat und zur Tür naus, dos war aans! –

Weil mer gerode beim Flaascher sei, halten mer uns noch e klaa bissel in dare Innung auf. In Chamtz, wu ich geborn bie und paar Gahr als klaaner Gung gewuhnt hob, gobs ne Richter-Flaascher. An manning Tog stand ich mit mein Freind, ne Mühle-Joachim, am Richter sein Schaufanster. Mer sei su weit naagange, doß unnere Noosen regelracht braatgedruckt warn – wie beim Schweinchen Dick. Treiharzig müssen unnere Aagn ausgesah hamm, denn dr alte Richter gob uns hie und wieder e Ringel Jagdwurscht, aah mol Stückel Sülze. In dr Kriegszeit war dos wos! Wus aber wos gibt, do gieht mer halt immer wieder mol hie! Dos wisst ihr salber, wuzu sog ich dos! Und weil mer öfter beim Richter- Flaascher auftauchetn, hamm mer dos und gäns mitkriegt. Aah dos, wos net ubedingt unters Volk kumme brauchet.

Beim Richter hatten se enn Lehrgung, dar die tappische Mode hatt, dauernd ze freegn, wenn'r mit ner Aarbit fartig war: »Meester, was soll ich'n jetzt machen?« Do hamm mer folgende Geschicht mitdrlabt. Also: »Meester, was soll ich'n jetzt machen?«, freeget dr Kuno. »Geh in de Worschtküche und mach'n Hackepeter an!« Dr Kuno gieht und is nooch ner Viertelstund wieder do. »Meester, was soll ich'n jetzt machen?« »Wisch im Schlachthaus de Fliesen ab!« Nooch zah Minuten kimmt mei Kuno wieder geschlichen und freegt: »Meester, was soll ich'n jetzt machen?« Nu wurs ne Alten ze bunt, er krieget sei Wut, und wenn e Flaascher zornig ward, möcht ich dan net unters Masser geroten, und bläket ne Kuno aa: »Menschenskind, du alte Nervensäsche, halt von mir aus dein Hintern zum Fenster naus!« Mei Kuno gieht wieder. Nu muß ich aber sogn, doß dr Richter-Flaascher e Glatze hatt und e Genick wie e Stier. Dr Hals hot fast gefahlt. Und die paar Haar, die'r noch hatt, wuchsen unter dr Noos. Als e Dreiviertelstund rüm war, kam mei Kuno aageschlichen und freeget: »Meester, was soll ich'n jetzt machen?« Dr Alte, dar gerode Rippchen ausgeschnieten hot, wur ewing stutzig und freeget zerück: »Was hast'n du jetzt gemacht?« »Nu was Sie gesagt hamm, ich hab mein Hintern zum Fenster nausgehalten!« »Was hast du gemacht? Du bist wohl verrückt! Was hamm denn da de Leite gesagt?« »Guten Tag, Herr Richter! Guten Tag, Herr Richter!«

Mei Edeka! Ginne mer wieder nei dr Gegnwart. Bei uns, do maan ich mei Fraa und mich, ward Wochenend eigekaaft. Mir fahrn mit'n Auto und loden für e Woch lang ei. E grußer Zettel, off den alles stieht, wos mer brauchn, hilft uns durch unnere Vergaßlichkeit.
Beim Eikaafen hob ich e Mode, vielleicht bie ich do net mol allaa, doß ich mei Waagel an enn Flack hiestell und alles zammtrog, wos ich eimarken will. Dann laaf ich de Reihe oo. Himme nauf, drimme nunter. Zum Schluß giehts nan Flaascherstand und nei dr Gefriertruh.
An enn Freitig noochmittig, es war Sommer, und e Gewitter stand über Sachsenbarg, do hob ich mich beeilt, denn ich wullt net neis Gewitter geroten. De Gisela, mei Fraa, war drham, die hot's Pfarrhaus gewaschen. Su, mei Waagel war unterdessen vull wordn, und als ich mit zwee Packle Feinfrostspinat und ner Schachtel Fischfilet off mein Wogn zusteier, blieb ich mit enn Ruck stieh, denn an mein Waagel tat sich wos oospieln. E alte Mutter aus dr Kirchgemeinde machet sich über mei Eigekaaftes har.

OBST
GEMÜSE
KRÖNUNG

Se hub de Tomaten in de Höh, hot de »Obstgärten« beschnabert, roch an ner ruten Paprikaschut naa – und ich stand vun weiten und hob mich machtig amüsiert. Als ich näher kam, die Fraa hot sich überhaupt net stärn lossen, soog ich, wie dr Senfaamer nooch uhm im Wogn log. E schware Konservenbüchs stand off de Eier. Ich ahnt Schlimmes. Su nooch und nooch schub ich mich an die Oma naa. Wie Kommissar Rex an sei Opfer. Bluß oolacken wullt ich se net. Wie ich su e Stückel vun dare guten alten Mutter wag traaten bleib und heitere Miene ze denn gefährlichen Spiel mach, is dare e Strahl durchn Kopp geschossen. Dar hot alle Zelln, aah die, die schu ewing aagegriffen warn und gelieten hamm, off Vordermann gebracht. »Dos is wuhl ihr Wogn, Herr Pfarrer?« Se machet e Gesicht als hätt se en Aamer Wasser übern Kopp kriecht, wos in dare Hitz gar net emol su verkehrt gewaasen wär. »Ja«, saat ich, »dos is mei Waagel.« »Ach, Herr Pfarrer, die Schand, naa, die Schand, hob ich in ihrn Wogn rümgewühlt. Ich dacht, dos is aaner, wu sette Sachen drinne liegn, die über de Zeit nausgange sei! Do kaa ich aah dos Packel Kaffe wieder neitu! Naa, die Schand! Entschuldign se när vielmols!« Dann hamm mer noch ewing über Gott und de Walt gemahrt und sei gange – jeder sein Wag. – Mei Edeka! Dort kaafen mir ei. Dort traffen mir Leit, mit denne mer drzehln. Manchmol vergassen mer, doß mer zwischen Konservenbüchsen und Saafenpulver stinne, su sei mer beim Drzehln. Aber dos tut gut. Net zeletzt mir. Wu ich naus an mei Auto kam, mußt ich aber sah, doß ich mit Eilooden fartig wordn bie, denn vun Bähme rüber kams schwarz, und de arschten Donnerschleeg häret mer grolln. –

Vun dr Sommerhitz nei dr Winterkält! Markt – Weihnachtsmarkt in Klingethol! Naja, ich hob schu annere gesah. Sicher sei do Buden und Buden und Buden. Dos is's aber aah schu. Dos macht noch kenn Weihnachtsmarkt aus, wenn aa Bud an dr annern aagefadelt is. Arscht es Geschäft, dann Weihnachten. Vom Letzten blebbt nimmer viel übrig. E Weihnachtsmarkt is wos ganz annersch! Vielleicht tunne sich die Verantwortlichen mol ewing üm und gucken sich in Annebarg oder in Schneebarg was oo!
Nooch dare tristen Beobachting mei Geschicht, die mog alles e bissel haller und freindlicher machen.
Unter annern standen off ne Klingetholer Weihnachtsmarkt zwee Buden, in denne du Äppeln kaafen kunntst. Drzwischen führet dr Wag durch. In jeder Bud stand e Hobby-Gärtnerin. Jede wullt ihre Appeln luswardn. Grafensteiner und Boskop, herrliche Exemplare! Bluß aans stimmet net su richtig, denn bei dare Linken gings Geschäft wie geschmiert, bei dr Rachten liefs zäh und schleppend. Wos is es End vun Lied? Neid entstieht. Geschäftsneid. Wos aber tut dr Mensch in su ner Situation? Dar sinnt und sinnt, wie'r denn annern fartig machen kaa. Ruiniern.
Die Fraa in dr rachten Bud greift zur Waffe. Mit aller Wucht pfaffert se en Grafensteiner nüber ze ihrer Konkurrentin. Die net faul und fährt de Retourkutsch oo, indem se en Boskop zerückfeiert. Und schu war dr beste Äppelkrieg vun Zaun gebrochen. Itze war wieder de Rachte dra. Die schoß dermaßen gezielt, doß dr Linken ihr Äppelperemett, die se kunstgeracht aufgebaut hatt, ins Rolln kam, und dr ganze Krampel kollert off dr Aard

rüm. Nu hatten de Klingetholer wos ze sah, ich stand mit drbei und hob mei Fraad gehatt über die zwee Weiber. Dare enn stand dr Schaam vürn Maul, als wär se vun en tollwütign Fuchs gebissen wordn. Und wie dos su is, emol gieht aah de wirksamste Munition aus. De Rachte hatt när noch enn Äppel, und denn haut die mit letzter Kraft nüber ze ihrer Rivalin.

Dr Krieg war vürbei. Halt, noch net ganz, de Reserve kam aagerückt in dr Gestalt vun en Pfaarfuhrwark. Und dar Gaul, dan de Zäh vornraus hinge, tat die Weiber mit Munition versorgn. In Form vun Äppeln. Allerdings hatten die mit Grafensteiner und Boskop nischt ze tu. Dos warn Hausgemachte. De Linke, wie e Wiesel, hebt su enn Äppel auf und haut ne dr Rachten nüber. Als dos bröslige Geschoß übern Wag nüber machet, stand dr Rachten ihr Gusch gerod auf, weil se wos Uaaständigs rüberschrier, und nei dare seltsame Garage fuhr dar Pfaaräppel. Se wär bald drstickt. Ich waß net, wos manche Leit sich denken, ich hätt zeallerarscht gesah, doß dar Kluß wieder rauskimmt, die dacht do gar net dra. Mit vulle Backen schrier die rüber zur Linken: »Su, doß du's när waßt, dar blebbt drinne bis de Polizei kimmt!« Denn Satz kaa mer besser härn als laasen. Itze macht ihr mol folgendes: Steckt eich mol e gruß Stück Sammel oder en Kluß zwischen de Kiefern, und dann sogt ihr: »Su, doß du's när waßt, dar blebbt drinne bis de Polizei kimmt!« Und dann tut'r warten. Bis de Polizei kimmt. Hoffentlich müßt ihr net ze lang warten! –

Tiefe DDR-Zeit. Friedensstaat. Aaner vun die zwee Erichen saat sugar, doß'r alle lieb hot. Vielleicht hot'r deshalb seine Liebeswerber nei unnere Kirchn geschickt. Und suwos hatt Aahang! Aber für Gald macht mer alles! Gerode die sei im Westen gut raus. Für Gald krieget mer aber in dr DDR net alles.
Do war e Eisenwarnhandling in Drasden. Kumm ich nei und freeg: »Haben Sie Türschlösser?« »Nein.« – »Haben Sie Eisenfeilen?« »Nein.« – Naja, mehr braucheten die ja aah net ze sogn. Ob die freindlich oder brummig warn, dos war egal, die hamm ihr Gald su und su kriegt. – Ich freeg wetter: »Haben Sie Laubsägeblätter?« »Nein.« – »Was haben Sie denn überhaupt?« »Durchgehend geöffnet.« Langsam schwillt mir dr Kamm, und ich war richtig baasig. Bis itze hob ich mir es Huchdeitsche när su oogequält. Dodrmit is Schluß! Ich freeg in dan Dialekt, wie ich'n drham red »Nu sogn Sie mir bluß mol, worüm hamm Sie denn durchgehend geöffnet, wenn Se nischt ze verkaafen hamm?« »Weil wir keine Türschlösser haben!« –

Unterwags notiert

Unterwags. Dos kaa drham sei in dr Stadt oder im Dorf; dos kaa aber aah wetter fort sei, draußen in dr weiten Walt.
In Auerbach, überhaupt im südlichen Vogtland, do gibts en Ausdruck, dar haaßt: »Daun in de Welt« – »draußen in der Welt«! Nu wullt dr ehemalige Pfarrer aus Werda

in seiner Gemeinde enn alten Bauer besuchen. Als'r klingelt, kimmt de Bauerschfraa raus und hot gleich, als se ne Pfarrer drkennet, ihre Händ an ner blaugraue Schürz oogewischt und bat ne ins Haus. Dann saat se: »Herr Pfarrer, mei Moa is net do, dar is daun in de Welt!« Dr gute Pfarrer Ebert soß im Lahnstuhl vun Meinel-Bauer und überleget: »Daun in de Welt! Daun in de Welt? Daun – draußen, ja. Aber in de Welt? Welt?« Und schu war dr Pastor beim Philosophiern und Theologisiern. Welt – Walt – dos kunnt haaßen, dr Bauer is verraast, weit oder net weit, dos is egal. Mer kunnts aber aah ins Geistliche drehe und denken, dr alte Meinel hot de Walt liebgewunne, wie dr Paulus dos mol vun de Abtrünnign sogt. Aber dr Meinel-Bauer und de Walt liebgewinne? Meitog net! Do wür doch aus dr Honecker-Margot eher e Evangelistin, als doß dr Meinel sein liebn Gott verläßt! Naa, mit dan »Daun in de Welt« muß es wos annersch off sich hobn. Und su is's aah! Wenn du in Auerbach und Ümgabing außer Haus bist, und wenn dos bluß übern Huf nüber is, oder du stiehst vür dr Haustür, do bist du »daun in de Welt«! Ja, su is dos, mei Guter! Kumm, itze lod ich dich ei. Mer machen uns off de Socken. »Daun in de Welt« will ich itze mit dir rümraasen. Aafange tunne mer bei uns im Staadtel, in Klingethol. –

Zwischen Sachsenbarg und dr Zwote gibts seit dr Wende Verkehrsampeln. Dos sei die, die mer salber betätign kaa, de Fußgängerampeln also. Apropo Fußgänger. Hier muß ich mol de Kraftfahrer in Schutz namme. Net immer, aber hie und wieder doch. Passiert wos off dr Strooß,

dann müssen de Kraftfahrer harhalten, egal, ob se mit ihrn Auto oder Motorrod kumme. Immer sei die schuld. Und dos is abn net dr Fall, aah de Fußgänger hamm ihre Käpp. Oft is gerode de ältere Generation kaa Vürbild für de klenn Kinner, im Gegntaal, die Klenn müssen de Alten noch aufklärn und sogn, doß mer, will mer über de Strooß, de Ampel vun Rut off Grü ze drucken hot! Die rammeln meestens über dr Strooß nüber unter denn Motto: De Strooß gehärt aah uns!
An enn Mittwoch in dr Adventszeit, dr Verkehr ging hie und har, stand ich in Klingethol an dr Ampel und wullt nüber zum Doktor. Kimmt e alte Dame, zuppt mich am Arm und freegt: »Täten se mich net mol nüberführn, dar Betrieb is mer doch ze gruß?!« »Freilich«, saat ich, »dos is kaa Problem, mer müssen aber arscht warten, bis Grü kimmt!« Husch, und se zug ihrn Arm aus mein wieder raus, fauchet mich aa und zischt: »Wenns su is, dann kaa ich aah allaa gieh!«
»Daun in de Welt« kasste schu wos drlabn, do musste net mol ze weit gieh. Beacht aber de Ampeln, die mit Selbstbediening und die sich salber eischalten!

OVL – seit 1990 is dos unner Autokennzagn. Für Klingethol und Oelsnitz. Aber nimmer lang, und dos is schod drüm, denn mer hatten uns sehr an die drei Buchstobn gewähnt. OVL – Oberes Vogtland! Im Volksmund haaßt dos aber »Ochsen vom Lande«! Off die Bezagning sei mir sugar ewing stolz. Leider wardn de »Ochsen« wäniger, weil es OVL ne V weichn muß. V wie Vogtland. –

Mol war ich mit meiner Gisela unterwags ins Arzgebirg nüber, in de Ritterschgrü. Vür uns fuhr aaner, dar hatt en Aufklaaber am Heckfanster. Aufklaaber – dos is e richtige Krankit wordn. Tausendrlar vun dan Dingern gibts. Mögliche und Unmögliche. Liebe und Freche. Wos de dir När denken kasst, ward nageklabt – wu e freie Stell is! – Vür uns e Golf mit ne Aufklaaber: »Hör auf zu popeln – ich seh dich im Rückspiegel!« »Gisela«, saat ich, »nu guck när mol, was do vorn drastieht!« Se gucket ewing aagestrengt, liest und sogt ze mir wie aus dr Pistol geschossen: »Sisste, wos ich dir schu hunnertmol gesaat hob, dos kasste itze laasen!« Nu wußt ich Bescheid. Sogt mol, ihr Leit, wos tut e Autofahrer net alles, üm munter ze bleibn? Du kasst natürlich singe, raachn, du kasst Denksportratsle machen und Radio härn. Hast du aber alles durchprobiert, dann blebbt dr wetter nischt übrig, als ne Finger mol nei dr Noos ze stecken. Dos gieht schneller als de denkst. Du fühlst dich ubeobacht, und do passierts. Aah feine Dame sei do net ausgenumme oder Herrn mit noble Aazüg, lange Mantel und Köfferle. Is dr Mensch allaa, dann bricht dr »Alte« durch – dr »Ochs vun Land«, und dar muß net ubedingt aus ne Vogtland stamme. –

Heit blebbt mei »Ford« in dr Garage, aah in de nächsten Tog. Ich steig üm off ne Zug. Neierdings besitzen de Klingetholer e neies Zügel, einen Triebwogn, »Vogtlandbahn« genannt. Dar rauscht aus'n Bahnhuf naus wie »S-Bahn-Verschnitt«!
In Muldenbarg is e Fraa eigestiegn und läßt, als se in

Gößnitz
DB

Falkenstaa aussteigt, e Packel liegn.»Hallo, hallo«, ruf ich dare nooch, »Sie hamm e Packel liegn lassen!«.»Schu gut«, rief se mir zu, »dos hot sei Richtigkeit; mei Maa aarbet in Lengefeld im Fundbüro, und dos sei seine Frühstücksbemme.« –
Dos is aber nischt dan gegnüber, wos ich zwischen Zwicke und Leipzig sah tat. Dos hot ne Faß in Buden nausgehaa! In Gößnitz stinne alle, die bei dr Bahn aarbiten off ne Bahnsteig: Weiber, Manner, Gunge und Maad. Und wos machen die? Die strecken de Zung raus, rüber zum Zug, wu ich drinne soß. Ich dacht, die müssen verrückt sei. Gesaat hob ich nischt. In Altenburg dossalbe Theater. Hier muß doch wos net stimme. Itze mußt ich schu mol denn Maa freegn, dar an de Statione immer ze die Leit nausgeguckt hot. Und wos mir su seltsam vürkam, dar nicket jedes Mol und machet e eigenartig zefriedenes Gesicht. Ich hul tief Luft und freeg: »Sogn se mol, wos hot denn dos ze bedeiten, doß die Leit alle off die Bahnsteig stinne und ihre Zunge rüber ze unnern Zug strekken? Hamm Sie do aah wos drmit ze tu, weil Sie immer su zefrieden nicken, wenn mer an denne vürbei sei?« »Ja, mein Herr, das ist ganz einfach; alles hat seine Richtigkeit. Ich bin der Bahnarzt und mache heute die fünfjährige Tauglichkeitsuntersuchung!«
Alles hot sei Richtigkeit, ja. Ich dacht, ich fall in Ohnmacht. Wenn dos su gemacht ward, braucht mer sich über nischt mehr ze wunnern! –

Su schie de Raaserei mit dr Eisenbahn sei mog, aber über aans kumm ich net wag, doß de Bahn nämlich ihre Fahr-

preise dauernd drhöht! Kaa Wunner, doß su wänig Leit mit'n Zug fahrn. Wärsch net vorteilhafter, wenn zah Mann für 5,- DM pro Kopp mitfahrn, als aaner für 7,50 DM?! De Masse machts doch! Aber ich bie halt ze dumm für denne ihrer Rachnerei. –
In Bayern allerdings hob ich drlabt, doß während ne Berufsverkehr de Vorortzüg gerammelt vull sei. Mei Gisela und ich soßen in su enn Bahnel und hamm mitdrlabt, wie aaner völlig empört sogt: »Die Jugend von heute hat überhaupt keinen Anstand mehr!« Sein Dialekt nooch muß dar aus'n Rheinland gewasen sei. Do drwidert e Fraa, die dos aah mit gesah hot: »Aber eben ist doch ein Junge aufgestanden und hat Ihnen seinen Platz angeboten, damit Sie sich setzen können!« »Das stimmt«, saat dar unmögliche Mensch, »aber meine Frau muß immer noch stehen!« Mir zwee hamm uns bluß aageguckt und mit de Käpp geschüttelt. –
Drei Statione wetter steigt e Maa ei, dar nooch ner Weile wos huchgehaa hot. Dann noch emol, und ich dacht, wos haut denn dar in de Luft und fängts wieder auf! Weil'r net weit vun mir wag stand, fröget ich ne, wos dos ze bedeiten hätt. Do sogt dar zu mir und lächelt e bissel verlagn drbei: »Ach, wissen Sie, ich werfe mein Glasauge hoch, um zu sehen, ob irgendwo ein Platz ist!« –
Kurz vür dr übernächsten Station saat ich ze meiner Gisela: »Kumm, mir steign aus, die letzte Station laafen mer, dos is ja hier e Zug vuller Irrer!« Und dos hamm mer dann aah gemacht, mer sei de letzten vier Kilometer geloffen, do hatten mer wänigstens unner Ruh! –

Kurz vür München. Dr Zug überfüllt. De Bayern müssen halt doch gern mit dr Eisenbah fahrn! Sitz ich im Schnellzug, in denn de alle Sproochn härn kunntst, die's off dr Walt gibt. Es roch aah drnooch: Pommes, Tobak, Knublich, Schwaaß...! Es ging lustig zu. Gunge Leit, alte Leit. Vür alln warn Urlauber mit drinne. Weil ich mich ze de aaständign Leit rachne tu, stieh ich auf und biet ner feinen Dame mein Sitzplatz aa. Ganz entrüstet faucht die mich aa und giftet: »Danke, auf einen vorgewärmten Platz setze ich mich nicht!« Dodrbei hot die ihre Aagn verdreht wie e Henn, die gerode im Begriff war e zweedottrigs Ei ze legn. Nooch dare ihrer schnippichen Red war aah mei Aastand verflochen, und ich saat: »Dann bleibn se abn stieh! Denken Sie vielleicht, doß ich ihnewagn en Eisbeitel nei meiner Hus steck?« Die Leit, die dos mit drlebt hamm, mussten su lachen, doß die eigebildte Wachtel sich nooch und nooch verzugn hot. An dr nächsten Haltestell stieg se aus. –

Noch e Ding, wos ich off Raasen drlabt hob. Ich fahr vun Hof über Nürnbarg nei dr Pfalz. Mir gegnüber soß e Maa, dar alle zwee drei Minuten ze lachen aafing. »Ha, ha, ha!« Dann war für ne Weile wieder Ruh. »Ha, ha, ha!« Mensch, denk ich, mit denn hots wos, bei denn müssen paar Schraubn locker sei. Vielleicht is aah e Kriegsleiden? »Ha, ha, ha!« Vun Mol ze Mol wur dos lauter. Ich bie off mein Platz hie und hargerutscht; dann hob ich mir doch e Herz gefaßt und freeget denn Maa: »Sogn se mol, wos is denn mit ihne lus? Stimmts bei ihne noch? Sie machen ja de Leit nervös mit ihrn daamischen Gelach!« »Ach, mein Herr«, saat dar Gust und lächelt leicht drbel, »wissen Sie, ich übe mich in einer mnemotechnischen Methode. Wissen Sie, was Mnemotechnik ist?« »Mnemotechnik? Noch nie gehärt! Wos is denn dos wieder für neimodischer Quatsch?« »Entschuldigen Sie, Sie kommen wohl von den Rändern der Provinz?« »Moment mol«, saat ich, und war ziemlich in Raasche geroten, »mir in dr Provinz sei aah Menschen, mir sei net offn Kopp gefalln, wie ihr Stadtleit denkt!« »So hab ich das auch nicht gemeint; also sehen Sie«, fing die Lachtaub wieder aa und saat, »Mnemotechnik ist die Kunst, das Gedächtnis durch Hilfsmittel zu unterstützen. Ha, ha, ha! Ich fahre nach Lachenburg, und mein Lachen soll mich daran erinnern, dort auszusteigen. Ha, ha, ha!« »Nooch Lachenburg?«, freeget ich zerück. »Ja, nach Lachenburg! Ha, ha, ha!« Ich hatt de Faxen dick und kam mir dumm vür, ugebild't. Aber nu aah wieder net su dumm, wie dar feine Pinkel sich benumme hot. Dann saat ich bluß noch: »Na, dos is bluß gut, doß Sie nooch Lachenburg und net nooch Pforzheim fahrn!«

Unterwags notiert. Du mußt immer e Blöckel und e Stiftel mithobn, wänigstens en Zettel, drmit du festhalten kasst, wos dir nei dr Quar kimmt. Oft luhnt sich dos. – Im Westen, genau gesaat in Rheinland-Pfalz, hamm mir gute Freinde. Ne Günter und sei Elli. Die wieder stammt aus Hamburg. Wehe, war wos Schlachtes über Hamburg sogt! Hamburg is immer gut! Hamburg, Hamburg über alles! Bei dare is de Hafenstroß e Promenade des Friedens und de Reeperbahn enn Kinnerspielplatz gleich. Gut, ich übertreib wieder mol e bissel, aber sogn will ich, doß dr Elli ihr Lieb dr ganzen Stadt gehärt! Ewing Lieb gehärt natürlich aah ihrn Maa! – Wie kaas annersch sei, mei Elli war wieder mol in dr Stadt an dr Alster. Und mei Gute hot e schwache Seit, die kaaft, wu se hiekimmt, de Leeden leer. Do e Mannel, dort e Vasel – hier e Tippel, do e Kärtel. Für ihre Kinner drham und ne Günter hatt se aah allerhand eigemarkt. Nu schlaaft se mit ihrn Krampel off'n Bahnhuf. Am Fahrkartenschalter market se, doß se när noch paar Pfenng fürs Klosett übrig hatt. O du Ugelick! Was nun? Für die paar Neigrosch, die se hatt, durft se, wenns huch kimmt, beim Zug de Tür mol auf- und zumachen! Dos wars dann aah. Mei Elli überleget hie und har und kam off die Idee, e Schwarzfahrt ze riskiern. Bewaffnet mit zwee Köffer und enn Umhängtaschel isse in Hamburg offn Alsterbahnhuf nein InterCity gekrabbelt. »Nun sei es, mags gut verlaufen – Hamburg, ade!« Su ihre Gedanken, als se sich im Zug e dunkle Eck gesucht hatt. Bis zer arschten Fahrkartenkontroll gings aah gut. Dann wursch haaß! Dr Kontrolleur haut se offn nächsten Bahnhuf naus. När dos Gewürg allemol mit denn zwee Köffern und ihrer Schlaatasch. De Aufenthalte warn kurz. Wos sich aber off denn aanzelne Bahnhöfen oogespielt hot, dos war sagenhaft. Vorn fliegt se naus, hinten krabbelt se, hasste was kasste, wieder nei. Wu die klaane Fraa när die Kraft harnimmt! Se mußt ja aah sah, doß sich dos ganze Theater hintern Schaffner sein Buckel oospieln tat. Und su gieht dos vun Station ze Station: raus – nei; raus – nei! In Hannover is ne Konrolleur dar Zirkus mit dr klenn

Elli doch ze bunt wordn, denn is regelracht dr Krogn geplatzt. Wie se mitenanner an dr Tür traaten, und de Elli off ihrn nächsten Nausschmiß wart', freegt dr Kontrolleur: »Sagen Sie mal, junge Frau, wie lange wollen Sie denn dieses Unternehmen noch aushalten?« »Wenn meine Kräfte mich nicht verlassen, bis Kaiserslautern!« Dodrbei gucket se dan Maa ganz treiharzig aa. Nu war dar Kontrolleur aaner vun dr guten Sorte. Leider ward die immer wäniger. Er nahm de Elli mit ins Dienstabteil, weil ne dar geschundene Mensch laad tat. Aus seiner Tasch bracht'r en übriggebliebene Schokoriegel, schenket ihr e Tass Kaffee ei, und su hot ses ausgehalten – bis Kaiserslautern! –

Friedhufsluft

Schreibt e Pastor e Büchel, aah wenns lustig drinne zugieht, darf off kenn Fall dr Friedhuf fahln. Schließlich gehärt dar ja aah ze unnern Labn drzu. De Notizen unterwags hob ich offiziell oogeschlossen, aber wißt ihr, alles, wos mir machen und wos passiert, dos spielt sich in enn weitern Sinn unterwags oo. Offn Wag durch unner Labn! Unner Sachsenbarger Kirchgemeinde verraast für ihr Labn gern. Wu mir überol schu warn! Zwischen Gyhum in Niedersachsen und Sembach in dr Rheinpfalz; zwischen Straßbourg in Frankreich und Florenz in Italien is uns nischt ubekannt! Im Gahr machen mir zwee drei Fahrten – mol weit, mol nah. De Hauptsach: fort mit uns!

1995 warn mer zum Beispiel in de Kitzbühler Alpen. War dos schie! Schnee im August! Unner guter Heiko vun »Herold's-Reisen« hot uns durch Dick und Dünn gefahrn. Mol warn mer off en Heimatohmd, dann häret'n mer die gewaltige Heldenorgel, die kilometerweit ze härn is und – mer warn off en »lustign Friedhuf«. E Friedhuf in Tirol – uhne Tute. Dr Besitzer hatt när de Grobstaa zammgetrogn, die früher schu off en richtign Grob standen. Wos aber off die Staa stand, dos könnt'ste heit nimmer draufschreibn! Wos do ze laasen war, dos is nischt für ehrbare und waache Gemüter! – Macht eich itze bereit für e paar darbe Sprüch!

E Kappellmaaster war gestorbn, e regelrachter dürrer Krakel, wie mir im Gebirg ze enn dünne Menschen sogn. Sei Grobinschrift haaßt:

> Hier ruht Esser.
> Die Würmer, diese Fresser,
> speisen anderwärts besser.

Ruhig Blut, es kimmt noch schlimmer. Stell dir mol su e Inschrift vür.

> Es ruhet die ehr- und tugend-
> same Jungfrau Genoveva Voggen-
> huberin, betrauert von ihrem
> einzigen Sohn.

Oder:

Hier ruht der ehrenreiche Jüngling
Lenz Richter –
jetzt stumm und kalt.
War 89 Jahre alt.

Vun Chiemsee rüber hamm se denn Staa beziehungsweise dos Kreiz gehult. Drauf stieht:

Hier in diesen Gruben
liegen zwei Müllerbuben.
Geboren am Chiemsee,
gestorben an Bauchweh.

Bei dar itzign Inschrift kriegt die Bezaachning »lustiger Friedhuf« ihr Berachtiging. Do stieht off en Kantor sein Grobstaa:

Hier liegt begraben unser Organist.
Warum? Weil er gestorben ist.
Er lobte Gott zu allen Stunden.
Der Stein ist oben – er ist unten.

Ihr Ärzte, verzeiht! Verzeiht! Aber dort war's su. Off ne Grob vun Dorfarzt stieht:

Hier ruht mein lieber Arzt,
Herr Grimm,
und alle, die er heilte,
neben ihm.

Nu machen mer vun Friedhuf wieder runter. Wenden mer uns ne Labandign zu. Ihr müßt eich dos mol in Gedanken zegut machen, in unnern Bus mit ze sitzen. Vorn off ne Reiseleiterplatz hot sichs dr Pastor bequem gemacht und kaast de Leit im Bus vull – bluß, denne gefällt dos. Die wolln unterhalten wardn, und wenn mer zahmol dosselbe drklärt und drzehlt. Mannichmol freegn se mich, ob dos stimmt und wahr is, wos ich ne su weismach. Nu sei die ja net aus Dummsdorf, die kriegn genau mit, wos wahr is und wos net. Mei Devise is die, doß ich sog: »Was dr Pastor unter dr Woch drzehlt, dos sei Lügn; wos'r sunntigs sogt, dos is wahr!«

Wahrit oder Lüg? Tuts salber rausfinden!
Am Tor zum Silberne Arzgebirg, in Chamtz, wuhnet dr alte Büttner-Guido. Dar hatt e Konfektionsgeschäft, dos echt gut ging. Dr Guido war alt, und sei letzter Tog war fast auszerachne. Seine Aagn warn schu trüb wordn, ziemlich drloschen, do stieht de Familie imme Bett rüm – ganz ehrfürchtig. Mit aller seiner Kraft, die er noch hot, fängt dr Guido ze reden aa: »Gertrud, Fraa, bist du do?« »Jaa, mei Guido!« »Werner, mei Gung, bist du do?« »Ja, Vater!« »Veronika, mei Maadel, bist du do?« »Ja, Vater«, schluchzt se. Mit emol richt't dr Alte sich im Bett auf, ward wutig und bläkt sei Familie aa: »Und war is im Geschäft?!« Mensch, sei dos Sorgn! – Beim Büttner-Guido gings e Labn lang bluß üms Geschäft, üms Gald. Vergabns off'n Starbbett hatt dar an nischt annersch ze denken. Gald, Gald, Gald! Früher war es Thema Nr. 1 de Liebe – heit is es Thema Nr. 1 es Gald! –

Aah in dare Geschicht spielt es Gald e gruße Roll. Gestorbn war de Schramm-Henriette, e gute Seel vun Fraa. Wu die halfen kunnt, hot se's gemacht. Die hot in dr Gemeinde denn Besuchsdienst praktiziert, dar net organisiert war. Se hatt e offenes Herz gehatt und offene Händ. Ihr Schwiegersuh war es blanke Gegntaal. Dar war när aamol geizig und rachthaberisch. In dare Familie wars ümgedreht, do war net de Schwiegermutter de Biese, do war dr Schwiegersuh e Drachen. Bernd, su hieß dar Dingerich. Noochdem de Henriette gestorbn war, machet'r zum Bestattingswasen »Ruhe sanft«!
Dr Meyer, wos dr Chef vun Ganzen is, kam und machet e paar Diener vürn Bernd. »Womit kann ich dienen?«, freeget'r mit ner Stimm, aus dare su e Hauch vun Winnerlichkeit rauszehärn war. Vür zah Gahrn und noch länger, do wurd'n kaane solche Faxen gemacht, aber itze is dos su. Weil paar hunnert Meter wetter es Bestattingsinstitut »Letzte Rose« war, zug dr Meyer alle Register, drmit sei Kundschaft net auslatscht und zum annern gieht! Ich gelab dr Meyer hot sei Fraa aah off Kommando heiln dressiern lossen.
Zum Bernd wieder. Dar wullt also en Sarg bestelln. Dr Meyer zeiget'n Bernd en Sarg für 1,600 DM. »Naa, dar is viel ze teier, dar verfault doch aah bluß in dr Aard«, brummet dr Bernd. Dann zeiget dr Herr Meyer enn Sarg nooch ne annern, bis se de sechshunnert Mark-Grenz drreicht hatten. Dar war ne Bernd aah noch ze teier. Wenn dos de Henriette gesah hätt! Do erb'n se nu alles und hamm net mol paar hunnert Mark für die arme Mutter übrig! Mich wunnert überhaupt, doß se die Fraa beerding lossen und net verbrenne und de Urne in

Chamtz, fartig! Dos kunnten die aber schu in Leiten halber net machen. Also wetter. Und weil dr Bernd immer noch net fartig wurd mit seiner Sucherei, is dr Meyer fuchtig wurd'n und saat: »Also wissen Sie, wenn das so ist, dann bringen Sie Ihre Frau Schwiegermutter vorbei, wir schrauben ihr ein paar Griffe an!« Dos soß! Dr Bernd nahm en Sarg für sechshunnert Mark und is abgezugn! –

Kummt mit off'n Arzgebirgskamm. In dr Dreh vun Annebarg is e Dorf, sein Name braucht ihr net ze wissen, do wuhnet dr Krause-Alwin. Sei End kam, und in stockdunkler Nacht log'r off sein Starbbett. De Luft is schwül, e Gewitter zieht auf. Unheimlich, die Stimmung! Draußen und drinne. Schod, doß dr Alwin su starbn mußt! »Josephine«, ruft'r nüber in de Küch, »zünd mol e Licht aa, ich glab, ich starb itze.« Sei Fraa, de Josephine, war spröd und kalt, und dos net bluß ze ihrn Maa. Sogt die doch zu ne: »Bie ruhig, starbn kaa mer aah im Finstern!« Alte Hax! –

Ab und zu hob ich in Klingethol mol e Beerdiging. Bis ze enn gewissen Punkt verläft alles richtig und racht. Vornewag graut mir aber schu vür denn Moment, wus naus off ne Friedhuf gieht. Worum? Pass auf: übern Friedhuf is dr Tierpark – ich bleib aah drbei, wos ich vorhin saat, doß'r aaner dr schennsten Tierpark im Vogtland is! Nu gibts do drinne aber net bluß ne »Tabbs«, in grässten Grizzly-Bär Deitschlands, aah net bluß Affen, die wing an de Gittersteeb rauf und runter klattern. Dort sei aah paar Wölf eiquartiert. Und subald de Glocken im »Friedefürst« eisetzen, is mit'n Frieden vürbei. Do fange die Wölf aa ze heiln, doß es enn Staa drbarme tut. Und uns graut vür denn Moment. Arscht wenn de Glokken aufhärn, härn aa de Wölf auf. Do sisste mol, doß dr Musikwinkel mehr aazebieten hot als när Posaune- und Trompetenspiel! Trotzdam is dr Tierpark schie. Willste aber mol Wölf richtig heiln und gauchzen härn, dann musste kumme, wenn e Beerdiging is! –

Bis itze hob ich noch kaa Wort vun meiner alten Predigerschul, vun mein guten »Paulinum« drzehlt. In meine annern Büchle war die längst im Gered. Aber itze soll se drakumme – unter enn blutrünstign Aspekt allerdings.
Unner Schul hatt drei Klassen: Unter-, Mittel-, Oberstufe. Is de Unterstuff aageraast, dann gehärit ze dare ihrer arschten Aufgob mit, doß se de Siegesfeier von dr Oberstuff auszegestalten hatt. Wie mer dos machen wullten, dos war uns überlossen. Su soß unner Klasse zamm und hot beroten, wos mer aagabn an denn Noochmittig.
»Freunde«, saat dr Armin aus'n Spreewald, »wir führen ein altes Ritterdrama auf, einen echten Schinken!« »Und das wäre?«, freeget dr neigescheite Richard aus Waldheim. »Blut und Liebe«, gob dr Armin zerück. »Das ist gruslig-schön, lustig und wird die Massen begeistern«, saat dr Gerhard, dar sich in mein »Raachermannel« bald enn Schoden getaa hot mit seiner Beichtred beim Bensen.

»Wo aber die Frauen hernehmen?«, freeget dr »Drfinder«, denn kennt ihr schu aus'n »Barett« und aah nuch ne »Raachermannel«. »Frauen?«, warf dr Heise aus dr Ukkermark ei, »kein Problem, die spielen wir selbst!«
Ich dacht, ich krieg enn Herzaafall, denn e Weibsen mußt ich in Wolterschdorf ze enn bunten Ohmd spieln. E alte Königin in dan Stück »An allem ist die Katze schuld«! Naa, uhne mich! Wenn, dann spiel ich e Mannerroll. Ich loß mir de Brust net wieder off'n Bauch rutschen. Meine »Brüder« hatten e Eisah mit mir und saaten: »Dicki, bleib ruhig, du spielst den Kunibert, den Rivalen vom Ekbert. Am Ende wirst du allerdings sterben. Du wirst erstochen.« Dos war mir egal, aaner muß ja immer enn Aff machen. Mußt ich abn ins Gros beißen. Kunibert! Die Roll vergaß ich net und gleich gar net ne Auftritt! Juli in Berlin! Eine Hitz, und ich in ner Ritterrüstung aus Papp. Furchtbare Qualn hob ich ausstieh müssen. Wie Plattfuß am Nil bie ich off dare Bühne rümgestiegn. Bloß net su stark war ich wie dar.
Dann gings lus. Blut und Liebe im Missionshaus, im grußen Baatsaal. Gittigitt! Ekbert kimmt mit seiner Tusnelda, die ich aah hobn wullt, ich, dr dicke Kunibert. Gebläkt wie dr Goliath, gezittert wie dr David – su bie ich off mein Feind zugestürzt. Beede zugn mer unnere Schwerter, und wenn die Sperrholzsäbeln offenanner trafen, klangs, als hackt e Spacht nein Birkenbaam. Dr »Drfinder« spielet ne Ekbert und huppet wie e aufgezugner Aff off dr Bühne rüm. Aber, und dos muß ich mir zur Ehre sogn, es gibt aah e sugenannte Gewandheit dr Dicken. Dr Ekbert sullt mich längst drstochen hobn, doch dar Gute kam net drzu, denn ich bie off mein

Schlachtfald rümgewirbelt wie Michael Jackson und brachts fartig, wuraa dr Hartmut alias Ekbert net gedacht hot, ich hob ne sei Schwert aus dr Hand geschlogn. Du Ugelück! Wie sullt dar mich itze ümbringe, wenn sei Schwert fahlet?! Entweder ich spiel ne sei Schwert wieder nei de Händ, oder ... Ja, wos oder? Ich schleich mich an Hartmut naa und büschber ne ins Ohr: »Drdrossel mich doch, du Kamel!« Dos war sei Stichwort. Nischt lieber als dos! Dar kam off mich zugefahrn mit seine lange dürrn Finger und drucket mir de Gurgel zu! Aus. E Plumps, und ich log dr Läng lang off dr Diel. Kunibert war emol! Dos war mei End. Normalerweise, ja. Mer mussten aber, ob mer wullten oder net, nei dr Verlängering gieh. Dar Fall vun dan Koloß hatt Folgen. Ich beschreib eich dos ganze Kapitel e klaa bissel. Wenn e Gegnstand, dar Luft in sich hot, fällt, will die Luft raus. Will? Se muß raus. Und dodrbei is'r jede Körperöffning racht. Naja, net ganz. Fällt zum Beispiel e Mensch mit en Plautz hie, dann macht die Luft net ze de Ohrn oder zur Nos raus, die sucht sich annere Schleichwagle. Es is bei de Labandign net annersch wie bei de Tuten: es Hintertürle is immer es beste! Dort naus is mei wing Luft. Freilich hamm die im Saal dos gehärt. Gerettet hot aber mei Hartmutel die etwas peinliche Situation. Er stellet sein Schwaaßpamper off mein Bauch und sogt siegestrunken: »Was, du röchelst noch? Soll ich dich noch töter töten?«
Dann gings lus. Im Saal trampelten alle, klatschten und bläkten. Unner Spiel kam aa. Trotz Verlängering. Gerode deswagn. – »Blut und Liebe« sei geflossen. Durch ne Baatsaal zug Friedhufsluft! –

Eigekehrt

Dos tut mancher gern, eikehrn. Vür alln bei uns in Klingethol, aber wos sog ich, überol machen de Leit gern Halt, wu dr Wirt sein Arm zur Gaststub rausreckt! Etliche marschiern aah nüber nooch Bähme, weils do billiger is. Do ginne de Weiber zum Frisär, de Manner ze Bier, üm bluß zweewos ze nenne.Nu is dos aber net de Regel, viel bleibn aah hübn in Deitschland, in Klingethol, und kaafen ihr Zeig in unnere Leeden. Wu solln mer denn do hiekomme,wenn jeder när über dr Grenz sei Geschäft machen wullt!
Nu gibts zweerlar Eikehrmöglichkeiten: beim Frisär, do kasste natürlich kaa Bier trinken oder e Schnitzel assen, aber latschen könne se dort – wos do unter die Haubn su durchgekeit ward! Dann gibts noch die Eikehr ins Wirtshaus. Dort hamm se alle Zeit. Während is Bier dr Kahl nunterläft, verginne de Stunden wie im Flug und – dr Wirt fraat sich!
Bei Frisär und Gastwirt brauchste kaa Radio, kenn Fernseher und kaa Zeitung. Do sei alle Medien überflüssig. Wos im Ort oder in dr Walt passiert is, krisste do brühwarm mitgetaalt!

Dr alte Kleppel-Karl, dar viele Gahr Kirchndiener in ner klenn Arzgebirgsgemeinde war, gieht ze sein Balwier im Dorf. In dr Balwierstub gobs wieder allerhand ze kaasen und ze mahrn. Und weil dr Maaster mit'n Oberlehrer Günther a. D. net fartig wordn is, mußt dr Lehrgung ne Karl rasiern. Dr Lehrgung aber is, wie mir Arzgebirgler ze enn ugeschickten Menschen sogn, su e richtiger Talken gewaasen. När wie dar mit sein Rasiermasser ümgange is! Es kunnt'r himmelangst wardn. Dar is ne Karl drmit im Gesicht rümgefahrn, als suchet'r e Stell, wu'r neischneiden kaa. Und wos dar Gung an Karl sein Hals rauf- und runtergefahrn is. Do verlanget dr Karl mit emol e Glas Wasser. »Ja«, saat dr Lehrgung, »mer hamm drwagn sehr treiche Luft im Loden«. »Naa, naa«, saat dr Karl, »ich möcht bluß mol ausprobiern, ob mei Hals noch dicht is!« –

In Schwarzenbarg war e Frisär, dar hatt sei Balwierstub in dr Näh vun Bahnhuf. Dos is lang har. Heit hot sich e Quelle-Filiale in sein ehemalign Loden niedergelossen. Bei dan Frisär kehret aaner ei, dar soog üm sein Kopp rüm aus wie Morgenröthe-Rautenkranz. Ich will dodrmit sogn, doß dr Frisär mit denn Maa net viel Aarbet hat. Als dr Maaster mit sein Kunden fartig war, beschweret dar sich übern Preis. »Worum muß ich fürs Schneiden genau suviel bezohln wie aaner, dar viel Haar hot?« »Dos freegn mich mehr vun deiner Sorte, aber dos is alles richtig, denn Kunden wie du aaner bist, zohln net fürs Schneiden, die zohln fürs Suchen!«
Do hatt dr Balwier aber e Antwort gabn! –

Am nächsten Tog kam beim alten Schwarzenbarger de Retourkutsch. Do krieget dar paar drauf. Und dos war su: Sogt dr Maaster ze enn Maa, dar sich de Haar schneiden ließ: »Na, Ihre Haar warn aah langsam graa!« Do drehet dar sich langsam üm, grinset ewing drbei und maant: »Is dos e Wunner bei dan Aarbitstempo?« Do hatt'r ne aber getroffen! –

Itze giehts aus dr Balwierstub naus und neins Wirtshaus. Do gibts die klenn Gasthaiser und Imbißstubn, do sei natürlich aah die vürnahme Restaurants und Nobelhotels, wu de gehärig zer Kasse gebaaten warscht.
Sitzt im »Schwarzen Adler« in ..., ich sogs lieber net, wu dos gewaasen is; sitzt also im »Adler« e feiner Gast und winkt ne Ober zu sich raa. Haamlich steckt'r ne schwarz Befrackten e Galdstück zu und freegt leise nei sein Ohr: »Würden Sie mir etwas Besonderes empfehlen? Heute möchte ich einmal so richtig genießen!« Dr Ober beiget sich zum Gast runter und antwortet noch leiser als dr Gast freeget: »Das kann ich. Gehen Sie nebenan in die 'Goldene Gans', dort essen und trinken Sie exquisit!« – Wenn dos dr Hotelchef gehärt hätt, dar hätt sein Herrn Ober ümgehend nausgepfaffert! –

Aangtlich will ich mich net lubn, aber wenn ich mol eikehr, dann bie ich immer freindlich zur Bediening. Ich brächts net fartig, wie manniche dos tunne, und ließ mei Assen wieder in de Küch zerückbringe. Do gibts welche, die hamm dos drauf und schicken de Ober oder Serviererinne wieder fort drmit; entweder es is ze kalt oder es entspricht aus ne annern Grund net ihrn Vürstellinge. Ich würgs dann lieber nei und halt mei Gusch. Bluß kenn Terror!

Du hast ja mannichmol Gäst, die haue off'n Putz und spieln sich auf wie Graf Yoster, drham aber hamm se kaa gescheite Gabel.
Sitz ich mit meiner Fraa an en Mittog in Klingethol im Gasthaus. Ich hob Sauerbroten gassen, mei Gisela e Salatplatt, die stieht off dan grünn Zeig, do kasste nischt machen. Mögn mer draufstieh, wu mer wolln, jedenfalls sitzt an unnern Nachbartisch su e richtige eigebild'te Gans. Ihr Leit, vergabt mir mei Sünd! Geschminkt. De Haar lila getönt, de Fingernäl lang wie de Baba Jaga, aber vun Hygiene kaa Spur. Gequalmt hot se wie de Feieress vun Krematorium in Zwicke, und dann gings lus. Ne Wirt sei Maadel kam und nahm de Bestelling auf. Die »Dame« kam mit ihre Wünsche: »Zwei Spiegeleier, bitte! Aber«, dodrbei zuppet se an dr Maad ihrn Schürzenband, »das Weiße muß fest sein, bloß nicht halbflüssig, der Salmonellen wegen. Das Gelbe etwas flüssig, nicht zu hart. Bitte nicht in zuviel Butter gebraten, wenig Salz und Pfeffer. Außerdem möchte ich nur frische Landeier von glücklichen Hühnern!« Mir wurd wie Speie! Mei Fraa gucket mich aa, dann die Fraa, zeletzt es Wirtsmaadel. Die Maad war, Gott sei Dank, schlogfartig und drwidert: »Eine Frage noch«, und dos saat die im freindlichsten Ton, »der Name des Huhns ist Ilse, ist das recht?« Die aufgetakelte Schwalb wußt itze net, ward se verolbert oder is dos mit dan Name vun dr Henn ernst gemaant. Ich hob mir mei bissel gedacht und lachet sachte in mich nei. –

Bleibn mer noch paar Minuten bei de Huchnaasign. Sette Leit könnt ich off ne Mond schießen. Die sei bluß zum Auslachen gut. Drüm kumme die aah in meine Büchle vür. Chinarestaurant in Dortmund. Ferner Osten pur. Herrliche Wandbilder und Blumevasen, Sauberkeit ward gruß geschriebn, leise fernöstliche Musik, freindliche Bediening. Alles klappet in dan Lokal. Bis ze denn Aagnblick, wu de Tür aufging und e Gust mit zwee gunge Maad reikimmt, dann warsch aus mit aller guten Atmosphäre! Schu wu ich denn gesah hob, do wußt ich, wuhar dr Wind weht. Wußt, wos dar denkt, wie's in denn sein Innern aussieht: Ihr müßt froh sein, daß ich bei euch einkehre!
Su tat'r sich aah aufführn. Wie e Graf soß'r zwischen die zwee Maad, und seine Arm leget'r üm die Stühl nüm nooch dan Motto: »Was kostet die Welt, ich kann alles bezahlen!«
Als die zierliche Bediening kimmt und de Speisekarten bringt, tat'r, als is die Fraa Luft für ne. Ihrn Diener, ihr Verbeiging hot'r gar net für vull genumme; dann fing dar eigebild'te Dingerich aa, in de Karten rümzeblättern. Nooch paar Minuten freeget dos Maadel aus China, was die Herrschaften verzehren möchten. Dodrbei machets wieder aa Verbeiging nooch dr annern, die dumme Maad; dumm deswagn, weil se vür denn Aagaber sich su demütign tat. Geschwolln, also hochnaasig gucket'r die Fraa vun ubn nooch unten aa, dann saat'r mit ziemlicher Arroganz in seiner quietschiten Stimm: »Wir nehmen dreimal Hue Feng!« Do sog ich, wie dos Maadel aus Fernost e Lachen unterdrücken mußt, es durft sich ja üm Gottes Willn nischt aamarken lossen, dar Karl hätts doch

in dr Luft zerrissen. Es Gute war, doß'r salber ihr innere Genugtuung net mitkriegt hot, do war dar viel ze dumm drzu. E Seidenschlips und e weißes Hemm, e exotischer Aazug und Lackschuh machen noch lang kenn Menschen mit Grips und Verstand! Dann saat es Maadel: »Velzeihung, mein Hell, abel Hue Feng ist kein Gericht, das ist del Wilt!« Wieder verbeiget se sich, und die zwee blonden Weibsen hamm ihrn Casanova machtig ausgelacht. Liebe Laaser, loßt eich bluß net ze solchen Hochmut hiereißen! Bleibt ne Leiten freindlich zugewandt. Bleibt unten; dort, wu sich es Labn oospielt, wu mer offenanner aagewiesen sei. Ganz lächt passierts, wenn mer huch naus will, doß mer e Gericht Assen mit ne »Wilt« verwachseln tut. Und dos wolln mer doch net! –

Wie schie warsch drgegn im Klingetholer Rathausrestaurant, aah e Chines. Leider is dos schu wieder Geschichte, und mer waß net, wos draus ward'n soll, wieder e Gastwirtschaft oder e Bibliothek. Mogs sei wies will, mit unnere Gäst aus Südafrika warn mer dort eigekehrt. Vornewag hatt ich fünf Plätz bestellt, und drei Tog drauf soßen mer bei Assen und Trinken und viel Spaß im Chinarestaurant. Leit aus drei Kontinenten warn besamm: aus Asien, Afrika und Europa! Gastronomische Oekumene! Herrlich! Dr Peter, wos unner Gung is, hot mit de Afrikaner, mit'n James und Sisar, englisch geräd't; mei Fraa und ich hamm drnabngesassen und mit de Köpp genickt, aah manchmol an dr verkehrten Stell. Und wenns gar nimmer gieh wullt, nahme mer de Händ zum reden. Dos war ein Geforkel, de Leit an de Nachbartisch dachten arscht, mit uns hätts wos, dann hamm se aber mitkriegt, doß unner aanzige Verständigungsmöglichkeit de Händ warn. Hier muß ich aber aah wieder aans sogn: Trotz Sprachprobleme hamm mer uns gut verstanden, wu viele Landsleit unternanner sich net verstinne! Wißt ihr, worum mir su e gutes Verhältnis unternanner hatten? Weils kaane Herzensprobleme gob! Dos is die Nut unter uns Menschen: de Herzen stimme net überein! Drüm wards in unnerer Walt immer kälter. Versuchen mer doch mol, e Feierle ze machen – e Lichtel aazezünden! Ihr wißt genau wie ich dos maan! De Wirking blebbt net aus, aah wenns när klaane Flammle sei! –

Gasthaiser. Do drüber ließ sich itze philosophiern. Über de Wirtsleit, über Assen und Trinken, über Möbel, Gardine und sanitäre Aalogn.
Wenn ich wu eikehr, dann waß ich wu ich hiegieh! Off jeden Fall muß's mit ne Wirt und sein Personal stimme! Schließlich gieh ich net ze enn, denn sei Gesicht aussieht, als hätt'r saures Bier getrunken, oder es wärn ne seine Kließ zerkocht. Mobiliar intressiert mich net. Sicher muß sei Küch gut sei, und es Klosett muß freilich vun Plumpsklo aufwärts gieh. Aah wenn ich ewing warten muß, eh's Assen kimmt, de Hauptsach is, dr Broten is waach und schie haaß! Mei Devise is die: Wos haaß gassen und getrunken wardn muß, dos muß aah haaß sei – und wos kalt gassen und getrunken wardn muß, dos muß kalt sei! Net wie in denn Gasthaus, wu dr Gast ne Ober freegt: »Hamm se außer Bier noch annere warme Getränke?« Su net! –

Im westlichen Vogtland, Ort und Gasthaus kaa eich egal sei, war e Gast aus'n Rheinland eigekehrt und hatt sich e Fünfminutensteak bestellt. Fünfminutensteak. Fünf Minuten. Lachen könnt ich heit noch. Nooch 40 Minuten kam dr Ober an sein Tisch vürbei, und dar Gast freeget ziemlich ugehalten, wu denn sei Steak sei. Bestellt hatt'r e Fünfminutensteak und 40 Minuten tät'r schu drauf warten. Dr Ober, e griesgrämiger Karl, ze denn ich aah amol gange bie und net wieder, gob patzig zur Antwort: »Do kenne se fruh sei, doß se e Fünfminutensteak bestellt hamm und kaa Tagessuppe!« Dar Rheinländer dos gehärt, aufgestanden und gange, dos war aans. Und dos Bier, doß'r unterdessen getrunken hatt, hot'r aah net bezohlt! –

Eierquatsch. Wißt ihr noch, wos dos is? Rührei, jawohl. Weil mer itze su schie besamm sei und noch net hamgieh wolln, draußen watterts sowiesu wie net gescheit, plauder ich mit eich noch bissel über de Asserei und stell eich zwee schmackhafte Speisen aus dr vogtländischen Küch vür.
Als mei Gisela und ich in dr Uckermark warn, do hamm mer in dan fünf Gahrn aah denne ihr Küch kennegelernt. Paar Sachen hamm mer übernumme, annere aber aah net. Kasst du mit Schwarzsauer wos aafange? Also schu wenn ich denn Name här, hebbts mich. Loß dirs mol beschreibn: Aagenumme die hamm e Gans geschlacht, dann ward dos Blut aufgefange, gerührt und gekocht – mitgekocht ward's Geflügelklein, Kopp, Hals, Flügeln, Pfuten – Pfaffer, Salz, Zucker, e Lorbeerblatt und paar

Wacholderbeer kumme drzu – zeletzt aber schütten de Uckermärker noch Kompott nei dan Topp – Birn und Pflaume. De Krönung is e Mahlschwitz. Ihr guten Leit, do kaa ich net »Guten Appetit« sogn! Dos Assen is ja draculaverdachtig! De Uckermärker aber schwärme für dos blutrünstige Zeig!
Annersch is mit de Schmorgurken, die sei, wenn se ordentlich hargericht wardn, delikat.
Itze aber ins Vogtland. Markt ihr, wos ich für e Breiguschel bie? Kumm ich arscht mol ins Mahrn, dann find ich kaa End. Also Vogtland. Und dos muß ich sogn, und sogs aah gern: die kenne kochen! De meesten jedenfalls! Nu stell ich eich zwee Gerichte aus dr alten Zeit vür, die aber heitzetog wieder Eigang gefunden hamm in de Wirtshaiser. Off manning Speisezettel kasste laasen: Schladeregucks und Drackite Supp. De Einheimischen assen dos gern, weil ses kenne; de Fremden aus Neigier. Hamm die dos aber arscht mol probiert, dann verlange se's immer mol wieder.
Schladeregucks. Moment, itze bind ich arscht mei weiße Schürz üm, dann kaas lusgieh. Du nimmst grüne Ardeppeln, also rohe, und rebbst se – läßt denn Taag ewing ootroppen – machst en schinn Klußtaag draus mit Zwiebel, Salz, Pfaffer und Kümmel – dann tust du denn ganzen Taagbatzen nei ner Pfann, wu de vornewag Öl drhitzt hast – dann mogs broten oder backen – hin und wieder reißt du mit dr Gabel denn Taag auf – während du denn Taag reißt und reißt und reißt, läßte ewing Spack aus und schüttst'n zum Schluß drüber und fängst wieder aa ze reißen – du hast Zeit und reißt mol hie und reißt mol har – zum Schluß kimmt off dein Taller dar

gebrotene Schladeregucks, paar gebrotene oder geschmorte Schwamme und e Aßlöffel Preiselbeer. Ihr Leit, dos schmeckt – dos schmeeeckt!!!
Bei meiner Mahrerei wißt ihr itze bestimmt nimmer, wos hinten und vorne is. Bei dare vieln Reißerei kratzt ihr wumöglich eier neie Pfann kaputt. Kaa Angst, ich drklär eich am Schluß noch mol alles fein dr Reih nooch, off Huchdeitsch, verstieht sich – aah dos Gericht, dos ich eich itze noch präsentier.
Drackite Supp. Ja, wenn ihr arscht wieder begriffen hätt', wos dos für Geschlapper is, galle? Drackite Supp kasste natürlich aus jeder Supp machen, wenn de dein Topp hinterhar net aufwaschen tust. Dos is aber dann net unner drackite Supp. Du nimmst: Runde Ardeppeln, su im Vogtland – Scheelerardeppeln sogn mir im Arzgebirg – und Pellkartoffeln sogt ihr in Leipzig, Bremen oder sonstwu – die ward'n net gescheelt, när gewaschen – aber ordentlich – während deine Ardeppeln kochen, hulst'e dei »flotte Lotte«, su hieß in dr DDR-Zeit unner Püriergerät – sei de Ardeppeln gar, machste Brei draus, dar nooch und nooch mit Flaaschbrüh verdünnt ward, bis e Supp entstieht – war sich noch ans Rindflaasch getraut, kaa dos namme, war net, dar nimmt Hühnerbrüh – gewürzt ward mit Pfaffer, Salz, Majora oder Kümmel, paar Röstzwiebeln und, war will, zwee Aßlöffeln saure Sahne – e Spur Zucker und paar Schwamme hebn ne Geschmack noch e bissel in de Höh! Ehrlich, ihr gelabt gar net, wie Zucker es Assen oorunden tut! Ich mach dos aah su, denn ich bie Hobbykoch! Nu hob ich wieder wos gesaat. Ich härs lang hinter mein Buckel büschbern: Dar sieht aah drnooch aus!

Als Hobbykoch brauch ich kaa Kochbuch, ich bie mei Kochbuch salber. Mei Fraa wunnert sich schu lang nimmer über mei Methode. Die waß, wenns fartig is schmeckts! Wu ich dra vürbeikumm in dr Küch, ward wos waggenumme und nei denn Topp gehaa. Vun de Raster gar net ze reden. Do vereinign sich mannichmol drei bis vier Mittogassen in enn Topp – und dos schmeckt und bekimmt uns!
Ich lod eich gern mol ze su enn Assen ei. Am besten mantigs oder dienstigs, do sei de Wochenendraster dra. Ruft mich när mol aa! Klingethol 037467/23263! Aaruf genügt! Wahrit oder Lüg? Probierts einfach aus! Aber net drängeln!

Zutaten für Schladeregucks und Drackite Supp:

Schladeregucks für zwee Persone

500 Gramm Kartoffeln
80 Gramm Speck
1 große Zwiebel
1 Eßlöffel Öl
2 Eßlöffel Preiselbeeren
1 kl. Dose Pilze (evtl. dunkle)
Salz, Pfeffer, Kümmel

Kartoffeln schälen, reiben, leicht abtropfen lassen – nicht ausdrücken – Zwiebel (gerieben oder fein gehackt) mit Salz, Pfeffer und Kümmel unterrühren – Teig im Ganzen in eine mit Öl vorgehitzte Form (Pfanne) geben – braten lassen – hin und wieder mit einer Gabel den Teig reißen (rühren) – Speck braten und hinzugeben – Pilze erhitzen, vielleicht ein wenig nachwürzen und binden – am Schluß Schladeregucks mit Pilzen und Preiselbeeren anrichten.

Drackite Supp für zwee Persone

350 Gramm Pellkartoffeln
3/4 Liter Brühe
30 Gramm Röstzwiebeln
2 Eßlöffel saure Sahne
Salz, Pfeffer, Majoran oder Kümmel (nicht beides)
1 Spur Zucker (1 Teelöffel)
3 Eßlöffel Dosen- oder Waldpilze

Kartoffeln mit Schale schneiden, kochen und pürieren – Brühe hinzugeben – dazu kommen Röstzwiebeln, Salz, Pfeffer, saure Sahne, Zucker und Pilze.

Nu hob ich mir aber Müh gabn und hoff, doß ihr mei Vogtlandassen ausprobiert. Schmeckts eich, dann schreibt mir mol. Schmeckts eich net, dann gabts eirer Katz oder eiern Hund, die frassens schu.

Ich dächt, mer wärn lang genug eigekehrt gewasen. Itze machen mer eham, do warten Fraa und Kinner. Die wardn sich denken, wu mir su lang bleibn! Unter die Eikehrerei setz ich noch e klaanes Vogtlandgedichtel. Dos is e Varschel aus dare Zeit, in dare es finster und arm zuging – wu überm Tisch e Haarig hing, an denn de

Familie de Ardeppeln oogewischt hot, bluß doß se ewing Fischgeschmack hatten. Ze dare Zeit war e Ardeppel viel wart!

»Ardeppelsupp in dr Früh,
Ardeppeln ze Mittag in dr Brüh,
Ardeppeln am Ohmd in dr Schol,
macht am Tog dreimol.«

Und dos noch:

»Heit gibts Ardeppeln und brauns Salz,
morgn brauns Salz und Ardeppeln.«

Gemischtes

Dos könnt ihr itze mit denn Topp vergleichn, in denn ich alles neihau, wos am Sunntig übriggebliebn is. Wu ich also dra vorbeilaaf und kumm an wos Geniesbarn na, ward's genumme und mit nei mein Kochtopp geschmissen. Su hier, wos übriggebliebn is, wura ich net gedacht hob während meiner Schreiberei, und es is mir hinterhar arscht eigefalln, dos kimmt alles ins Gemischte. Es ward eich schu schmecken. De Raster kriegt ihr am Schluß serviert.

Zearscht kimmt dr Pfarrer Rodegast aus Nudelfing nei mein Topp. Dos is e durch und durch freindlicher Maa. Ze seiner Hauptgemeinde gehärn noch viele klaane Ort-

schaften, Dörfer und Staadtle. Sei Aißerliches läßt, und do braucht mer gar net lang ze überlegn, an ne Pater Brown denken – ob dr Rodegast detektivisch wos off dr Kirsche hot, dos waß ich allerdings net. Aber e Haushältern hot'r, die ne bekocht und bewirtschaft. Wos ich im Lauf dr Zeit noch mitkriegt hob: dr Rodegast isst für sei Labn gern! Naja, mer sieht's ne aah aa! Alles mog sei wie's will, die zwee Leit hamm en Vugel. Naa, naa, net wos ihr denkt. Müßt ihr immer solche Hintergedanken hobn? Die hamm en schinn klenn Wellnsittich, dar sein Vugelbauer am Fanster aufgehängt krieget. Oft stand sei Türle auf, und dr Bubi floch in dr Küch rüm wie e aufgezugener Hubschrauber. Mittogszeit. Rodegast und sei Barbara sei beim Assen. Rindflaaschnudeln mit Pittersil. Dr Pastor schmatzt und schlufert und – schwitzt. Kaa Wunner. Wie dar hantiert hot! Im Volksmund sogt mer: Wie mer isst, su aarbet mer! Dr Rodegast muß do kaa Bett gekannt hobn sein Assen nooch!
Wie se su schie beim Löffeln sei und bei jeden Schluck, dar dr Kahl nuntermachet, dos Gefühl hatten, doß tausend Engele off ihrn Stimmbändern Polka tanzen, setzt dar ausgekochte Bubi zur Landung aa. Gekunnt läßt'r sich beim Pastor off'n Tallerrand nieder. Hätt dos Vögele sei Zung rausstrecken könne, hätts die dr Barbara nagestreckt, weil die su bies rübergeguckt hot. Leider klappet dos mit dr Zung net, aber, und hier sanne mer wos vun dr ausgleichit'n Gerachtigkeit, die's gibt, dr Bubi macht sei Hintertürle auf und läßt, aah wenns dr Barb ihr Taller net war, e Kleckerle aus sein Heck off ne Pastor sein Tallerrand purzeln. Wie de Weiber nu aamol sei, de Barbara bläket wie am Spieß, mer dacht, es sei Eibracher im

Vorsaal und saat: »Herr Pfarrer, dos is mir aber peinlich! Naa, suwos is mir aah noch net unter de Händ kumme! Entschuldign se när vielmols, Herr Pfarrer!« »Aber Schwester Barbara, das muß Ihnen doch nicht peinlich sein. Schauns doch, dos klaane Vögerl, dos klaane Geschöpferl Gottes – wos is dos bissel Abfall, denn's g'macht hot!« Dodrbei schub'r wieder enn Löffel hinter und ließ sichs schmecken. Annersch de Schwaster, die haut ihrn Löffel hie und schrier: »Ja, bei dan Vugel sogn se nischt, wenn ich's när gewaasen wär!« –

Weihnachten im Arzgebirg. De St. Laurentiuskirch strahlt im Lichterglanz. Es Kirchnschiff is brachend vull. Dr alte Pfarrer Förster stieht am Altar und zelebriert sein Gottesdienst. Do schießt ne e Gedank durch sein Kopp, und hier sisste mol, wie Lukullisches Geistliches verdränge kaa, und er drschrickt: Unner Ent'! Dr Weihnachtsbroten!
Dar stieht im Ufen, in dr Backrähr, und kaaner im Haus. Die zwee alten Schwastern, die ihrn Ruhestand im Pfarrhaus verbringe, sei aah in dr Kirch. Die sitzen in dr arschten Bank und gucken ihrn Pastor verklärt aa und singe wie de Engeln off'n Hirtenfald. Wie aber kunnt dar denne itze deitlich machen, wu dr Gottesdienst läft, doß ihr Ent' im besten Begriff is, schwarz ze wardn? Dar Vugel mußt in dr nächsten halbn Stund ubedingt gedreht wardn! Su sei zwee Ström durch sein Gehirn geschossen: himmlische Liturgie und irdischer Genuß! Sei letzte Retting war: ich muß es Himmlische mit'n Irdischen verbinden – sogn kaa ich nischt mehr, aber ich

kaas singe! Und lus giehts. Mit ner Stimm, in dare sich Gloria mit Brotenduft vermischt, singt'r: »Anna, dreh tentum.« Nischt. Kaa Reaktion von dr Anna, wos de güngere Schwaster is. Noch mol: »Anna, dreh tentum.« Net es geringste bissel Aazaching vun Verstehstemich. Im Gegntaal, se strahlet wie e Fettbemm und gucket ihrn Pastor verklärt und nimmer wie vun dare Walt aa. Die muß damischer sei als unner Ent' in dr Pfann, denkt dr Pfarrer und wills mit dr Martha versuchen. Lus giehts: »Martha, dreh dusium«. Die reagieret geleich gar net, die härt schwer. Mit aller Kraft setzet dr Pfarrer noch mol ei und sooch drbei dan Vugel schwärzer und schwärzer wardn: »Martha, dreh dusium!!!« Aus. – Se brauchet'n gar net arscht ins Pfarrhaus neizekumme, haußen im Garten roch mer schu dan Broten. Als se de Küchentür aufmachet'n, kam e Schwafelgestank gezugn als wär dr Beelzebub durchs Haus geschlichen. Se ruppet'n alle Türn und Fanster auf, wos natürlich an dr Ent' nischt mehr geännert hot. Die log in dr Pfann schwarz und verkuhlt. Dr Heilig Ohmd is zwar net ausgefalln, aber an Fastassen war nimmer ze denken. Se soßen ewing speeter bei Ardeppeln und Haarig. Trotzdam: Fröhliche Weihnachten!

Raus aus de Pfarrhaiser, mer fahrn in de Stadt. Nooch Drasden. Schlenker ich mit meiner Gisela übern Striezelmarkt. E zweetes Mol mach ich dos nimmer. När dos Gerammel und Geschubs. Und wie kaas annersch sei, dos war zer DDR-Zeit schu su, de meesten Leit stinne dort, wu's de Asserei gibt. Ich hatts soot und saat zer

Gisela. »Schluß! Su ein Geplärr und Geschieb, jeder will bluß Gald machen, mir ginne nei dr Krelzkirch, und dann giehts ham!« Dos tat gut. Mer soßen in ner Bankreih, ewing warm kams aah durchne Schiff durch. Mer kam wieder bissel zu sich. Nooch ner dreiviertel Stund sei mer in Richtung Semperoper getratscht. Ich war mir aber nimmer im Klarn, gings rachts oder links nüm. Do hob ich e Fraa, die mit ner Tasch und en Netz uns entgeg'n kam, gefreegt: »Sie entschuldigen, wie komm ich am besten an die Semperoper?« Die Fraa gucket mich gruß aa und saat mit ner Stimm, in dare suwos wie Belehring mitschwang: »Zur Semperoper kommen Sie durch üben, üben, üben!« Und ging. Mei Gisela und ich gucketen uns aa und mußten grodnaus lachen. Die Leit, und dos warn net wänig, die an uns vorüberzugn, dachten, doß bei uns irgndwos net in Ordning sei könnt. Uns war dos egal. Aber die Fraa saat wos ze uns, dos mir bis zur Stund net wieder vergassen hamm. Bei ner passenden Gelagnheit ward gesaat: »Sie müssen üben, üben, üben!«

Gemischtes. An dare Stell nimmt dos ewing an Schärfe zu. Für manche ugenießbar, es kumme Politiker ins Spiel. Härt mer ewing ins Volk, hot mer denn Eidruck, doß wänig Leit ne Politikern noch Vertraue schenken. Die mögn haaßen wie se wulln. Egal, in was für ner Partei die sei! Alle Hoffning off Aarbit und soziale Gerachtigkeit is ne Bach nuntergeloffen.
Am Alex in Berlin stinne zwee solche Herrn vür enn Schaufanster mit Textilien. Sogt dar aane, ewing e kräf-

tiger, zum annern, dar wing klaa geroten war: »Sieh dir das an, ich verstehe das Gerede von den hohen Preisen überhaupt nicht mehr. Was wollen die Leute denn noch? Ein Hemd 8,- DM, eine Hose 15,- DM, ein ganzer Anzug 50,- DM! Billiger gehts nun wirklich nicht mehr!« Maant dar Klaane: »Aber Freund, siehst du das nicht? Wir stehen vor einer Reinigung!« Reif für »Frontal« kasste do bluß noch sogn! –

Die Zeit, und do sei mer wieder in Klingethol, wu mer krank »machen« kunnt, is vürbei. Mannichen wards bei denn Gedanken wehmütig üms Herz. Ja, dos warn noch Zeiten! Heit is ümgekehrt. Mer schiebt de Krankit vür sich har, doß mer bluß kenn Doktor braucht, dar enn wirklich krankschreibn muß. Krank »machen« gieht nimmer. Krank *sei* gieht aah bald nimmer. Dos kaa dei Aarbitsstell kosten, oogesah vun die Kosten, die dir drzu entstinne! De Apotheken sei schlimmere Leeden als de Delikatgeschäfte in dr DDR.
Kam e Sachsenbarger Maa zum Dr. Geipel und gammert'n de Ohrn vull, wie krank und aageschlogn'r sei. »Erzählen Sie mal, wo tuts denn weh?« freeget dr Doktor sein Patienten. »Ach, Herr Doktor, wenn ich off mein Bauch druck, tuts weh; wenn ich off mein Kopp druck, tuts weh; und wenn ich off mei Knie druck, tuts aah weh! Wos könnt denn dos bluß sei, ich halts bald nimmer aus?!« Dr Geipel-Doktor gucket die Winselgusch bissel verschmitzt aa und saat: »Mein lieber Herr Moosbacher, das ist eine eindeutige Sache. Sie haben sich den Finger gebrochen!« –

»Gesunde Besserung« tät itze mei ehemaliger Kirchnvater in Markersbach sogn. –

Es gibt Leit, denne mußte fast jeden Witz drklärn. Su schwar vun Begriff sei die. Wenn de aber jeds Anekdotel su analysiern willst, doß nischt Ganzes mehr dra is, dann kasste die für dich behalten.
Wenn ihr dos Gemischte bis hierhar verfolgt und verstanden habt, und dodrvu gieh ich aus, dann könnt ihr mit mir übereistimme und dos noochsogn, wos ich off ner lustigen Aasichtskart in Husum gelaasen hob:

O Herr, laß viel Gras wachsen,
denn die Rindviecher
werden immer mehr!

Ich waß net, ob eich dos aufgefalln is, aber bis itze hob ich noch kaa Wort vun meine Cousine drzehlt, die in dan annern Büchle zwischendurch vürkumme. Mei zweetgüngste Cousine will ich su ziemlich am Schluß ewing offs Korn namme. Gung is die schu lang nimmer, denn mit 58 kaa mer nimmer vun gung sprachen – aah reifere Jugend haut do nimmer hin, aber gung sei *wolln,* dos is vürhanden. Bei vieln Leiten. Mit achtzig lila und struhblonde Haar – mit Jeans und Gutentagstacken. Su e Typ is mei Gerlind. Gut assen und trinken; naschen, wenns am Kühlschrank vürbeigieht und schlank bleibn wolln! Su net, mei Gute!
Jedenfalls hatt die wieder mol enn Tog, an dem bei ihr de Sehnsucht nooch Jugend und Schönheit durch-

gebrochen is. Wos jedoch zum Spiegel neiguckt, dos guckt aah raus. Es aanzige is, doß du dich seitenverkehrt sisst. Dos ännert allerdings net es Geringste an Falten oder Doppelkinn. Kurz und gut, in dare Sehnsuchtsanwandling stieht mei Gerlindel vürn Spiegel und sogt: »Spieglein, Spieglein, an der Wand, wer ist die Schönste von Rittersgrün?« Itze hot se aber enn grußen Fahler gemacht. Statt ze warten, wos dos »Spieglein« sogt, gibt se sich salber de Antwort und sogt die uverantwortlichen Buchstobn: »Gerlinde!«

Es gibt e Sprichwort, dos haaßt: »Gesprochene Worte sind wie Vögel, die man nicht mehr einfangen kann!« Dodrmit will ich sogn: Gerlind, dr Mensch gibt sich net salber e Antwort! Aber naus is naus! An dare Stell denk ich an all die, die, wenn se maane, se sei allaa und niemand härt und sieht se, Zeig rausstecken oder Kafaten machen und – se wardn drbei drwischt!

Gieht dirs net aah manchmol su? Mir schu, wenn ich zum Beispiel allaane Auto fahr, dann kaas passiern, ich imitier Opernsänger. Gut is dann, doß mich kaaner härt. Aah gegn ne Lauschangriff biste im Auto sicher. –

An und für sich wullt ich dos, wos folgt, gar net mit schreibn, aber weil's su schie is, tu ich eich die klaane Geschicht net vürenthalten. Mei Amtskolleg, dr Postler-Johannes in Auerbach, is viele Gahr in Klingethol in dr Jugendaarbet tätig gewaasen und war zeletzt etliche Gahr Pfarrer in dr Schnarrtann. Flässig, ümsichtig, lieb ze seiner Gemeinde, ze Fraa und Kinner – de Pfarrersleit warn rund üm de Uhr aazesprachen. Im Lauf dr Gahre hot, wie dos überol is, sei Kraft ewing noochgelossen. Aah e schwere Krankit stellit sich bei ne ei, e Pause hin und wieder war aagebracht. Mei guter Johannes krieget vun Arzt gesaat, doß'r viel frische Luft brauchet und gelagntlich en Spaziergang eilegn möcht. Do hatt dr Doktor natürlich wos gesaat. Spaziergang! Beim Postler? E Pastor und spaziern gieh? Meitog net! Aber doch, Herr Postler! Worüm dar drgegn war? Weil'r dacht, de Leit könnten drüber reden. Hannes, freegn die drnooch, wenn du off dr Nos liegst? Also naus, mei Guter! Und dr Johannes ging – mit seiner Fraa – und wißt ihr, wos dar noch mitgenumme hot? Ihr ward's net gelabn wolln, e Aktentasch. Mit dr Aktentasch is'r naus in Wald. De Leit sullten denken, dar macht Hausbesuche. Schimpfen möcht ich über seiner Angst! E Pastor soll alles könne. Alles, wos zwischen Jugend- und Altenaarbet liegt. Ihr müßt bluß mol die Wunschlisten dr Gemeinden sah, die se aufgestellt hamm, wenn se enn Pfarrer suchen! Mogs sei, aber wenn dr Pastor alles könne soll, alles, dann darf'r wuhl aah emol spazierngieh! Oder net? –

Eierquatsch – Friedhufsluft – Wirtshaiser und annersch Zeig is an eich vürbeigezugn. Statt Nachwort servier ich eich e paar vogtländische Ausdrück und Redensarten. Arzgebirg und Vogtland hänge landschaftsmäßig anenanner dra wie Geschwister. Mundartlich gibts aah viel Gemeinams. Trotzdam is's su, doß innerhalb vun zwee drei Kilometer Klangfarb und Redensart Veränderinge aufweisen. Jeder aber denkt, er räd't ne ursprünglichen Dialekt. Eierquatsch!

GRÜGENIFFTE – kasst du dir do drunter wos vürstelln? Naa? Dos gelab ich dir gern. Im Arzgebirg sogn mer dodrzu GRIENE KLIESS. GRÜNE KLÖSSE im Huchdeitschen. Dann gibts die sugenannten Satzwörter. E klaaner Satz ward in e Wort gepraßt. HODANK – HABE DANK!
E Dorf bei Grübach haaßt SIEDICHFÜR. Dos kimmt von SIE DICH VOR! Ze jeden Wort gibts natürlich ellnlange Drkläringe, aber die kaa ich dir in mein Büchel net aabieten.
Zammgesetzte Familienname gibts überol. Hier e paar aus ne Vogtland: SUCHENWIRT – SUCH DEN WIRT; SPALTEHOLZ – SPALTE DAS HOLZ; SCHEINPFLUG – SCHEUE DEN PFLUG.
Su is dos. Wer waß, wie dei Name zestand kam! Noch e Wort aus'n Wald. Huchdeitsch TANNENZAPFEN. Im Arzgebirg sogn mir ZAPPEN drzu – zwischen Lengefeld und dr Mühlleith haaßen se ZESCHEN und ZASCHEN – vun Sachsenbarg über Schwaderbach (Bähme) bis Markneikirchn sei dos de BÄTZ und KUSSELN.
Bei uns do hubn kasste schu wos lerne, netwahr? Nooch dare klenn Schulstund muß ich eich drwagn noch e klaane Beluhning gabn. Ich setz noch en Klenn drauf. Und wieder drhebt sich die Frog: Wahrit oder Lüg? De Lösing überloss ich eich!
E Major vun dr Bundeswehr fährt für drei Tog in Urlaub eham nooch Bad Elster. Dr Zug vun Rostock nooch Zwicke is gerammelt vull. Do sieht'r, wie e klaaner Gefreiter aufstieht, üm ne Herrn Major Platz ze machen. Grußzügig sogt dar Major, dar sei Paradeuniform aagezugn hatt: »Bleiben Sie sitzen, ich bin froh, daß ich ein bißchen stehen kann!« Während'r su gravitätisch und

wohlwollend seine Wort sogt, drückt'r dos Gefreiterle wieder off sein Platz nieder. Und dr Zug fährt und hält und fährt und hält. Und immer wieder winkt dr Sünderhauf, su haaßt dr Major, oo, er könnt noch stieh. Do hasste gleich wieder su e zammgesetztes Wort. SÜNDERHAUF – SÜNDER ZU HAUFEN.
Zu unnere zwee Bundeswehrsoldaten. Weil dr Herr Major denn Gefreiten immer wieder niederdrucket, hot dar doch endlich sei Geduld verlorn und sogt: »Herr Major, itze müssen sie mich aber aussteign lossen, ich bie schu fünf Statione zeweit gefahrn!« Sprang auf, huppet zum Zug naus, dos war aans! –
Ihr guten Leit, fahrt ruhig wetter, ich aber muß hier aussteign; ich bie hier drham!
Allezeit gute Fahrt. Steigt aus, wenns sei muß, und loßt eich net off eiern Platz zerückdrücken, aah wenns lieb gemaant is!
Tschüß – bis bald in Klingethol! Übrigens, unnerer Stadt ihr Gesicht ward vun Monat ze Monat schenner!

Worterklärungen

aa	=	an
aah	=	auch
abn/ahm	=	eben
arscht	=	erst
austaalet	=	austeilte
baasig	=	ärgerlich/wütend
baaten	=	beten
blebbt	=	bleibt
dan/denn	=	den/dem
dar	=	der/dieser
denne	=	denen
dra	=	dran
drlabt	=	erlebt
emol	=	einmal
enn	=	einen/einem
Ent'/Ant'	=	Ente
epper/mende	=	vielleicht
ewing/wing	=	ein wenig
Faunz	=	Ohrfeige
freegn	=	fragen
Frog	=	Frage
gabn	=	geben
gäns	=	jenes
gebläkt	=	geschrien
gesaat	=	gesagt
geräd't	=	geredet
ginne	=	gehen
Gust	=	abfällig für einen Mann
haaßt	=	heißt

ham	=	heim/nach Hause
hamm	=	haben
hot	=	hat
immesist	=	umsonst
isse	=	ist sie
is'r	=	ist er/ist ihr
kaa	=	kann/kein
kasste	=	kannst du
kenn	=	keinen
kenne	=	können
klaa	=	klein
krisste	=	kriegst du/bekommst du
Laad	=	Leid
laasen	=	lesen
maan	=	meine
meitog	=	allezeit/schon immer
meitwagn	=	meinetwegen
na	=	an
naa	=	nein
nooch	=	nach
sanne	=	sehen
Schlaatasch	=	abgetragene Tasche/Handtasche
seeg/seech	=	sähe
sette	=	solche
sogn	=	sagen
sogt	=	sagt
soß	=	saß
stinne	=	stehen
Strooß	=	Straße
traat	=	trete
treegt	=	trägt

ubn/uhm	=	oben
war	=	wer
wu'r	=	wo er
wur/wurd	=	wurde
zamm	=	zusammen